Das Buch

Vegetarier sein ist schwerer als gedacht: Innerhalb kürzester Zeit schleppt sich der junge Mann energielos durch sein Leben. Schlimme Visionen plagen ihn und als dann noch seine Manneskraft komplett dahin ist, läuft ihm auch die Frau davon. Er kennt jetzt nur noch die Gier nach Fleisch. Bis er angeworben wird vom Geheimbund der Karnivoren, die sich die Rettung der Menschheit vor dem um sich greifenden Vegetariertum auf die Fahnen geschrieben haben. Als trojanisches Pferd soll unser Held nun die Vegetarier aufmischen und möglichst viele zum Rückfall in die alte Welt der Fleischesser bewegen.

»Jakob Hein ist ein Spötter bester Art.« *Die Zeit*

Der Autor

Jakob Hein, 1971 in Leipzig geboren, studierte Medizin in Berlin, Wien, Stockholm und Boston, promovierte und arbeitete von 1998 bis 2011 in der Klinik für Psychiatrie und Psychotherapie der Charité. Seit 1998 Mitglied der Reformbühne Heim und Welt im Berliner Kaffee Burger. Jakob Hein ist bekennender Mode-Vegetarier.

KiWi PAPERBACK

1281

Jakob Hein

Wurst und Wahn

Ein Geständnis

Kiepenheuer & Witsch

Entgegen dem in einer Randnotiz am Manuskript vermerkten Wunsch des Autors haben wir uns gegen eine Ausgabe des Werks in Ziegenleder entschieden, um es so einer breiteren Leserschaft zugänglich machen zu können.

MIX
Papier aus verantwortungsvollen Quellen
FSC® C083411
FSC www.fsc.org

Verlag Kiepenheuer & Witsch, FSC®-N001512

1. Auflage 2013

Verlag Galiani Berlin

Umschlaggestaltung: Rudolf Linn, Köln, nach einer Idee von Manja Hellpap und Lisa Neuhalfen, Berlin
Umschlagmotiv: © Collage unter Verwendung von Fotos von © Thomas Schweizer/Getty Images und © Peter Dazeley/Getty Images
Lektorat: Esther Kormann
Gesetzt aus der Adobe Garamond
Satz: Felder KölnBerlin
Druck und Bindung: CPI – Clausen & Bosse, Leck
ISBN 978-3-462-04440-9

Das vorliegende Protokoll ist uns über Mittelsmänner zugespielt worden. Autor und Herkunft müssen aus Gründen des Quellenschutzes anonym bleiben. Wir wissen, dass wir uns mit seiner Veröffentlichung nicht nur Freunde machen. Insbesondere einigen Herrschaften aus den oberen Etagen der großen Tofu-Kartelle wird dieses Buch sicher nicht gefallen. Im Dienst der Wahrheit haben wir uns dennoch für eine Publikation entschieden.

Ausgerechnet einen Vegetarier in seinem Blut liegen zu sehen, war verwirrend und seltsam. Aber ich bin froh, Herr Kommissar, froh und erleichtert, dass es vorbei ist. Sie verstehen, für mich war er ja immer Vegetarier gewesen, so wie ich selbst einer gewesen war, und Vegetarier sind nun mal Menschen, die Obst, Gemüse und Getreide in sich hineinstopfen. Sein totes Fleisch und das rot fließende Blut passten da nicht ins Bild. Aber wie gesagt, ich bin froh, dass es endlich vorbei ist; dass das Ganze zu Mord und Totschlag führen würde, war nun wirklich nicht abzusehen gewesen und ich frage mich erschrocken, wohin es noch hätte führen können.

Sie haben mir zu einem umfassenden Geständnis geraten und ich will Ihrer Bitte gern entsprechen. Ich werde Ihnen alles erzählen, so wie es war. Aber um den ganzen Sachverhalt zu erläutern, muss ich etwas weiter ausholen. Meine Absicht ist es nicht, mich herauszureden, und ich will Sie auch nicht langweilen, aber ich kann das eine nicht erzählen, ohne das andere zu erwähnen, und ich kann versprechen, dass Sie am Ende Ihr Geständnis haben werden. Aber dazu muss ich von vorn anfangen, bei Adam und Eva sozusagen. Kein ganz schlechter Vergleich, denn der Griff nach dem Apfel ist gewissermaßen auch der Sündenfall in meiner Geschichte.

Warum ich damals Vegetarier geworden bin, kann ich heute nur noch rekonstruieren, nicht mehr verstehen, Herr Kommissar. Ein paar Jahre vorher war es noch ganz harmlos mit ein paar Filmen und Büchern losgegangen. Die Filme liefen spät nachts, und die Bücher hat kaum jemand gelesen. Die Zeitungen griffen das Thema auf, es gab Berichte und Interviews. Zunächst ging ich davon aus, dass es bald ein anderes Modethema geben würde und alle bald wieder Fleisch essen würden wie vorher. Aber es kam leider anders. Eines Tages aß fast niemand mehr Fleisch. Die Zeiten hatten sich geändert. Die Leute rauchten jetzt auch nicht mehr und tranken immerzu koffeinhaltige Getränke. Ob sie noch Sex hatten, wage ich nicht zu beurteilen. Alles war freudlos und grau. Ständig wurde über die Spuren gesprochen, die man auf dem Planeten hinterlassen würde. Nicht einmal mehr das kleine Vergnügen einer Wochenendreise nach London oder einer nächtlichen Spritztour auf der Autobahn wurde einem gegönnt.

Ich meine, leichte Verachtung in Ihrem Blick zu erkennen, Herr Kommissar. Sicher sind Sie nicht gleich bei jeder Mode dabei und kennen auch das Gefühl beim Schwimmen, wenn Ihnen das Wasser des Flusses entgegenfließt. Ich meine, Sie sind Polizist geworden, das ist ja nicht gerade ein populärer Beruf. Aber ich bin da anders. Es war mir immer wichtig gewesen, nicht aus der Reihe zu tanzen, dabei zu sein. Als die Schlaghosen aus der Mode kamen, begann ich eben Karottenhosen zu tragen. Mit diesen freundete ich mich rasch an, weil sie einen hohen Tragekomfort mit einer großen Gnade gegenüber dem Körper des Trägers verbanden. Ich beschloss sogar, nie wieder etwas anderes zu tragen, und erklärte Karottenhosen zu meinem Stil. Doch schon die nächste Verkäuferin in einem Jeansshop hob diesen Beschluss mit einem indignierten Heben der linken Augenbraue wieder auf. Bald gab es keine Karottenhosen mehr zu kaufen und ich quälte mich wie alle anderen in Röhrenhosen und kämpfte allmorgendlich mit den drei Metallknöpfen.

Als die Fleischerei Hess zumachte, habe ich mich das erste Mal ernsthaft gewundert. Seit Jahrzehnten hatte

Hess seinen Laden bei uns auf der Allee. Hinter der Glasvitrine standen wohlgenährte Frauen mit blassrosa Blutflecken auf den weißen Kittelschürzen, da, wo sie sich die Hände nach jedem Kunden kurz abwischten. Hess war eine Institution bei uns im Viertel, die Allee war ohne den Laden praktisch nicht denkbar, und dann war er zu. Umzingelt von Biomärkten, Gemüseläden und Läden mit selbst gepressten Säften und fair gehandelten Kaffeegetränken konnte Hess nicht mehr existieren. Ein paar Wochen stand der Laden leer, dann zog ein Wellness-Tempel ein. Das machte das Ende endgültig. Plötzlich gab es keinen Fleischer mehr bei uns.

Aber es war nicht nur das. Es gab im ganzen Viertel überhaupt kein Fleisch mehr. Die Restaurants hatten alle auf vegetarisch umgestellt, die letzten Imbisse verkauften Falafel und mit Käse oder Hummus beschmierte Brote, im Supermarkt richteten sie einen abgetrennten Bereich für den Fleischverkauf ein, den nur Erwachsene betreten durften. Ich fragte den Verkäufer, was denn passiert sei.

»Neue Vorschriften«, erklärte er achselzuckend. »Der Anblick von toten Tieren darf Minderjährigen und Vegetariern nicht mehr zugemutet werden. Aber es traut sich ohnehin keiner mehr, so was zu kaufen, und mit diesen abgetrennten Verkaufsbereichen wird es bestimmt nur noch schlimmer, da traut sich doch kaum jemand rein. Fleisch verkaufen wir praktisch nur noch als Tierfutter. Eigentlich schade drum.«

Hätten Sie mich vor dieser Zeit gefragt, ob ich gern Fleisch esse oder nicht, ich hätte es Ihnen nicht sagen können, so wie ich Ihnen nicht sagen kann, ob ich gern atme oder nicht. Beides war für mich eine Selbstverständlichkeit, etwas, das ich täglich mehrmals tat und nie hinterfragte. Ich weiß seitdem, dass ich gern Fleisch esse. Wurst, Buletten, Schnitzel, Koteletts, Filets, Gehacktes, Geschnetzeltes und Geselchtes, Muskelfleisch und Innereien – alles schmeckt mir. Ich habe es gern, wenn der Geruch von Bratenfett schwer in der Wohnung liegt, weil ein Stück Kurzbratfleisch in der Pfanne liegt, ich schwärme für den Duft von Schweinebraten aus der heißen Backröhre.

Ich habe Kindheitserinnerungen daran, dass mein Vater alle paar Wochen samstags saure Nierchen machte. Den ganzen Freitag über wässerte er die Nieren und schmorte sie in Vorfreude pfeifend am nächsten Tag mit Zwiebeln und saurer Sahne. Dazu machte er Salzkartoffeln und Krautsalat. Obwohl an diesen Tagen ein strenger Uringeruch in der Wohnung lag, ist meine Erinnerung daran schön und sonnig.

Nein, ich musste mir da nichts vormachen: Ich aß gern Fleisch.

Es begann eine anstrengende Zeit. In unserer Gegend gab es frei verfügbares Fleisch überhaupt nur noch im Imbiss auf dem Mittelstreifen, der im Volksmund schon immer liebevoll *Die Fettluke* hieß. Weil im Rahmen der Ausnahmeregelung für Kleinunternehmer Ein-Personen-Betriebe ja von den strengsten Auflagen befreit sind, aber das muss ich Ihnen nicht erklären, Herr Kommissar. Wenn ich da stand und im Abgasgeruch der vorbeifahrenden Autos meine Currywurst aß, fühlte ich mich wie ein Tier im Zoo, ausgestellt auf einer künstlich errichteten Insel den Blicken der Besucher ausgeliefert. Während der Rotphase starrten mich die Fußgänger ausdruckslos an, durften sie überqueren, schauten sie kaum zu mir herüber, bei dem einen oder anderen schien ich ein angedeutetes Kopfschütteln zu erkennen. Ich konnte mir da nichts vormachen: Fleisch essen hieß nun definitiv gegen den Strom zu schwimmen.

Der Verkäufer im Supermarkt hatte recht behalten, praktisch niemand traute sich in den separaten Fleischverkaufsbereich. Entspannt konnte man Fleisch nur noch im schlimmen Viertel unserer Stadt kaufen. Hier gab es sie noch: die Grillteller in den Restaurants, das Lamm vom Rost, die mit Hackfleisch gefüllten Blätterteigstücke beim Bäcker, das Formfleisch am Spieß. Allerdings lungerten da überall mediterran aussehende Gestalten herum: Kopftuchmädchen, Drogendealer, Wasserpfeifenraucher, Klappmesserschwinger. So gern ich mir dort ein paar Scheiben Lamm geholt hätte, waren mir die Ausflüge in diese brandgefährliche Zone doch zu riskant, denn man wusste nie, ob man dort Fleisch vom Spieß bekommen oder als Fleisch auf dem Spieß enden würde.

Wer Fleisch kaufen wollte, hatte also nur die Wahl zwischen sozialem und tatsächlichem Harakiri. So weit war es gekommen.

Anfang vom Ende

Von der Arbeit organisierte Feiern habe ich noch nie gemocht. Sinn einer Feier ist es doch abzuschalten und die Sorgen und Nöte des Alltags zu vergessen. Warum also sollte ich ausgerechnet mit meinen Arbeitskollegen feiern, die ja die Sorgen und Nöte überhaupt erst in meinen Alltag brachten? Das wäre ja so, als würde man einen Urlaub im Büro buchen. Aber man muss ja. Nein, ich möchte nicht vom Thema ablenken, Herr Kommissar, sofort komme ich wieder zur Sache. Es ist nur so, dass der Tag der Weihnachtsfeier der Tag war, an dem ich auf den Zug sprang, besser gesagt springen musste, der mich auf gerader Strecke ohne Zwischenhalt direkt ins Verderben beförderte.

Am Morgen der Feier hatte ich mir etwas angezogen, das einerseits ordentlich genug für die Arbeit aussah, andererseits salopp genug für die anschließende Weihnachtsfeier war: violettes Hemd, gebügelte Hose aus

Leinenstoff, die gerade keine Jeans mehr war, und eine Krawatte mit lustigen Weihnachtsmännern. So gerüstet sah ich dem verlorenen Abend gelassen entgegen.

Die Weihnachtsfeier fand im »gleichen Italiener« statt. Das ist der Laden gleich neben unserem Bürohaus, der aussieht, als stamme er aus einer Fabrik für italienische Restaurants, mitsamt den Kellnern, den Menüs, der Musik und dem Umsonst-Grappa hinterher. Vermutlich konnte man das Ding mithilfe eines Krans und eines Tiefladers jederzeit problemlos in eine andere Straße oder eine andere Stadt versetzen. So richtig schlecht schmeckte das Essen dort nicht und obwohl jeder von uns das eine oder das andere bessere Restaurant kannte, gingen wir doch am Ende immer in diesen Laden. Der Rückweg war kalkulierbar, niemand musste sich in unbekannte Regionen wagen und die Verabredung war einfach: »Wir treffen uns beim gleichen Italiener.«

Wissen Sie, essen ist für mich ein Vorgang, an dessen Ende man satt ist. Für dieses ganze Chichi um seltene Gewürze, Kombinationen von Pastinaken mit Zartbitterschokolade und Zutaten von anderen Kontinenten habe ich nie viel Verständnis gehabt. Ich möchte auch nicht diesen aufgesetzten Unterschied zwischen Schmecken und Geschmack verstehen. Mir schmeckt ein Gericht, wenn es mich satt macht, und wenn ich danach immer noch hungrig bin, dann ist es nicht mein Geschmack. Dass darin Fusionen von Orangenjus an Lachstartar stattfinden, interessiert mich überhaupt nicht, wenn diese Fusionen nicht zu meiner Sättigung geführt haben. Über dieses Thema habe ich früher endlose Gespräche mit meiner Frau geführt. Ich verstand nicht, warum sie plötzlich Ingwersuppe kochte, an der nichts dran war, und sie verstand nicht, warum ich gern Currywurst esse, obwohl mir danach immer ein wenig übel ist.

Aber der gleiche Italiener war zum Glück kein Restaurant, das durch Innovation auffiel. Die Tageskarte dort hätte eigentlich Monatskarte heißen müssen, weil sie nur einmal im Monat wechselte und jeden Januar, März oder Dezember gleich war. Im März gab es Venusmuscheln, im August Pfifferlinge. Aber an diesem Abend erschien mir das Ganze wie ein Riesenvorteil: Denn so sicher, wie es beim gleichen Italiener nach dem Essen immer einen Schnaps auf Kosten des Hauses gab, so sicher war es, dass im Dezember Gänsekeulen mit Rotkohl auf der Tageskarte stehen würden. So war es immer, so würde es immer sein. Und wie in allen Jahren zuvor, würde ich sie bestellen. Was an diesen Gänsekeulen italienisch sein sollte, kann ich Ihnen nicht sagen, vielleicht der Balsamico in der Soße auf den vier Salatblättern am Rande des eigentlichen Geschehens.

Was soll ich sagen, Herr Kommissar? Ich war entspannt, als wir sechs Uhr abends dort eintrafen. Die ersten Prosecco-Tabletts machten die Runde. Stößchen, Prostata, Salute, solche Sprüche. Dann bestellten wir das Essen. Ich dachte mir damals, wenn ich schon einen Abend mit meinen Kollegen im Restaurant verbringen musste, dann soll es wenigstens richtig teuer sein. Es gibt auch beim Essen eine Art Placebo-Effekt. Wenn ich mir etwas Teures mit einem irgendwie gut klingenden Namen bestelle, schmeckte es mir selbst beim gleichen Italiener gut.

Noch am Morgen hatte mir meine Frau geraten, lediglich eine Suppe zu bestellen und nicht so viel Wein zu trinken. Aber ich hatte den Verdacht, dass es ihr nur darum ging, Geld für das neue »Sideboard« zu sparen. Sie hatte in den Wochen davor pausenlos über dieses Ding geredet, offensichtlich war das so eine Art halbhoher Flurschrank, für das es keinen normalen Namen gab. Aber Sideboard hin oder her: Hätte ich wenig getrunken, hätte ich meine Kollegen bald überhaupt nicht mehr verstanden und Suppe macht mich nur hungrig. Nichts konnte mich davon abbringen, die Gänsekeulen von der Tageskarte zu bestellen.

Der Alkohol hatte inzwischen schon seine Wirkung getan, die alljährlichen Scherze wurden gemacht und unsere Runde wirkte äußerlich fast schon wie eine Zusammenkunft unter Freunden. Bis das Essen kam. Als ich den Teller in der Hand des Kellners sah, hatte ich nur noch Augen für das Essen. Knusprig braun gebraten dampften zwei kräftige Gänsebeine auf einem Spiegel von Rotweinsoße. Ich sah die glatten, frisch von ihrer Plastikfolie befreiten Klöße, den schwarz schimmernden Dosenrotkohl. Die gebundene rötlich-braune Soße brandete in Wellen an den Tellerrand, während mir das Wasser im Mund zusammenlief. Die Vorhersehbarkeit des Ganzen versetzte mich in Vorfreude, Überraschungen waren nicht zu befürchten. Ich wusste genau, wie das Fleisch schmecken würde, kannte schon die Textur der Klöße und den Geschmack des Rotkohls. Ich freute mich auf das Gefühl von Übersättigung, das sich mit Sicherheit einstellen würde, dieser schöne schlafähnliche Zustand, aus dem mich nur der Schnaps danach wieder herausholen würde.

Da erst bemerkte ich die Stille am Tisch. Meine Kollegen starrten mich an, in ihren Augen Entsetzen. Was war das Problem, fragte ich mich. Der Reißverschluss meiner Hose war nicht zu sehen, daran konnte es nicht liegen, abgesehen davon hätte ein so lässliches Versehen nicht als Erklärung ausgereicht. Sie hätten nicht bestürzter schauen können, wenn ich pudelnackt dagesessen hätte. Jäh erwacht aus bacchantischen Fleischfantasien war meine Ratlosigkeit mindestens ebenso groß wie ihr Entsetzen.

»Sag mal, du isst noch Fleisch?«, brach schließlich Regina, die langjährige Sekretärin, das Schweigen. Es gab sie und Viola, die langbeinige Sekretärin. Viola sah besser aus, aber Regina war die Wortführerin.

Angesichts der Tatsache, dass der Teller mit den braun schimmernden Geflügelkeulen inzwischen vor mir stand und ich gerade dabei war, mir die Serviette auf den Schoß zu legen, blieb mir nichts übrig, als geistesgegenwärtig »Äh – ja«, zu räuspern.

Schon brach ein Sturm der Empörung über mich herein. Ob ich denn noch bei Trost sei? Ob ich wüsste, dass die Tiere, für deren Tod ich nun verantwortlich sei, mit diesen Keulen niemals mehr als nur ein paar Schritte hätten laufen können, dass sie vor ihrem grausamen Tod niemals das Licht gesehen hätten, zu Tausenden eingepfercht, bei lebendigem Leibe gerupft, noch in halb lebendem Zustand durch Kotbrühe gezogen und schließlich zerhackt werden. Das schmackhafte Gericht vor mir verwandelte sich in einen Kriegsschauplatz und wurde über das Gerede kalt und unansehnlich. Mir verging der Appetit. Aber nicht, weil mich die wütenden Tiraden meiner Kollegen überzeugt hätten, sondern weil mir mein so freudig herbeigesehntes Essen nicht gegönnt wurde.

Ich wollte endlich meine Ruhe haben. »Im neuen Jahr esse ich ja auch kein Fleisch mehr«, sagte ich schließlich, »aber ich dachte, heute könnte ich noch einmal sündigen.« Und tatsächlich wirkte diese plumpe Notlüge. Der Redeschwall ebbte ab, die Stimmung hellte sich auf und Regina erzählte die Geschichte, wie sie zum letzten Mal Fleisch gegessen hatte, und Holgi, der eigentlich Holger heißt, hatte auch irgendwas zum Thema beizusteuern. Dazu schaufelten sie ihre Salate, Suppen und Aufläufe in sich hinein. Ich aß nun betont langsam die Klöße und den Rotkohl und schnitt mir nur ein kleines Stückchen dunkelbraunes Fleisch aus einer der Keulen heraus, als gerade keiner hinschaute. Es schmeckte nicht einmal besonders. Vermutlich war die Gans ebenso aus dem Vorjahr wie die Speisekarte, auf der sie gestanden hatte. Dennoch war ich traurig, als der Kellner den Teller abräumte (»Atte niché schmeckt?«). Die Gans würde davon nicht wieder lebendig werden, dass ihre Keulen nun im Mülleimer des gleichen Italieners landeten.

Aber meine Kollegen waren zufrieden: »Das finde ich

super, dass du auch jetzt kein Fleisch mehr isst«, erteilte Regina mir gewissermaßen Vergebung. Traurig dachte ich an Schnitzel und Buletten, Cervelatwurstbrötchen und Wiener mit dunkelgelbem Tütensenf. Auf Nimmerwiedersehen!

Druck und Zwang. So bin ich Vegetarier geworden.

Entzug – darf man dazu eigentlich Cold Turkey sagen?

Als ich nach Hause kam, erzählte ich meiner Frau schlecht gelaunt von dem misslungenen Abend, aber sie war hocherfreut. Ihre Rechnung war einfach: Das Haushaltsbudget minus teures Fleisch ist gleich Riesenersparnis für das verdammte Sideboard. Warum war ich eigentlich verheiratet? Natürlich erwartete ich mir nach all den Jahren keine Zärtlichkeiten mehr von ihr, aber dass mich meine Ehefrau wenigstens ein bisschen tröstet, wenn ich ihr von meinem Desaster erzähle, das hatte ich schon erwartet. Doch ihre Gedanken drehten sich nur um das Sideboard, unsere Ehe war für sie kaum mehr als eine Art der Beschaffungsgemeinschaft für scheußliche Möbel.

Trotzig sagte ich ihr, dass es mir nichts ausmachen würde, auf Fleisch zu verzichten. Sie sagte, das fände sie sehr gut und sie würde mich dabei unterstützen, Vegetarier zu werden. Ich möchte auf keinen Fall Vegetarier werden, schrie ich auf. Meine Güte, ich wollte einfach nur ein paar Jahre lang kein Fleisch mehr essen. Dadurch würde ich doch nichts werden. Wenn ich zwei Jahre in Tirana arbeite, werde ich doch auch nicht Albaner. Und wenn ich die nächsten zwanzig Jahre hier im Vernehmungsraum verbringe, werde ich auch nicht Kommissar, wenn Sie verstehen, was ich meine, Herr Kommissar. Es war einfach meine Entscheidung, kein Fleisch mehr zu essen, sagte ich mir. Deswegen wollte ich noch lange nicht in einen Club oder eine Art Glaubensgemeinschaft eintreten.

Klar, wenn man es genau betrachtete, hatte ich bisher immer mal Fleisch gegessen. Also meistens. Im Grunde zu jeder Mahlzeit. Zum Frühstück schon hatte ich gern ein Scheibchen Wurst auf dem Brot, und ein Mittagessen war für mich kein richtiges Mittagessen ohne ein Schnitzel oder eine Scheibe Kassler, und wie sollte man einschlafen ohne das kleine Würstchen mit Senf spät am Abend. Aber am Sonntag hatte ich zum Beispiel ziemlich oft Waffeln oder Eierkuchen zum Frühstück gegessen. Völlig fleischfrei! (Wenn man von den Bacon-Streifen absah.) Und dennoch war ich mir absolut sicher, problemlos ohne Fleisch leben zu können, es war eine einfache Entscheidung, die in meiner Hand lag.

Ich würde mich deswegen nicht als Gemüsefresser abstempeln lassen. Bisher hatte ich so gelebt, ab jetzt machte ich das eben eine Zeit lang anders. Zum Beweis ging ich gleich an diesem Abend ohne Wiener ins Bett.

Der erste voll vegetarische Tag war noch ganz okay. Zwischenzeitlich spürte ich Attacken von Selbsthass, weil ich mich zu diesem Schwachsinn hatte hinreißen lassen, dann aber tröstete ich mich damit, dass es so schlimm schon nicht werden würde. Dann aß ich eben ein paar Tage oder ein paar Jahre kein Fleisch. Na und? Schließlich hatte ich früher schon mal eine Woche lang nichts als Salat gegessen und mich dabei pudelwohl gefühlt. Gut, das war Fleischsalat gewesen, aber eben hauptsächlich doch Salat, wie der Name ja sagt. Ein Perlhuhn ist ja auch vornehmlich ein Huhn und keine Perle. Deutsche Sprache, ganz einfach. Allerdings muss ich zugeben, dass sich die Erinnerung an ein Perlhuhn, das wir mal bei einem Urlaub in Malta serviert bekommen hatten, schon an meinem ersten fleischfreien Tag schmerzlich und seltsam sentimental anfühlte.

Richtig schlimm wurde es erst am zweiten Tag, Herr Kommissar. Ich wachte mit einem unglaublichen Brand auf, weil ich in der Nacht von einer Schlachteplatte geträumt und davon so stark auf das Kopfkissen gesabbert hatte, dass ich nun unbeschreiblich durstig war. Als ich den Kühlschrank öffnete, um ein Mineralwasser herauszuholen, entdeckte ich in seinem hinteren Bereich einen offensichtlich vor langer Zeit vergessenen Rest Lyoner Schnittwurst. Sie können sich kaum vorstellen, wie überdeutlich meine Sinne diesen Wurstrest wahrnahmen. Obwohl ich die Kühlschranktür rasch wieder zumachte, begann ich sofort, eine Wurstschorle zu fantasieren. Gab es das überhaupt, fragte ich mich. Warum nicht, schließlich gab es Apfelschorle, Bier mit Cola, Weinschorle, warum sollte es keine Wurstschorle geben? Oder eine Dönerschorle. Ich grübelte, ob das Trinken einer Wurstschorle eine Verletzung meines Vorsatzes gewesen wäre, kein Fleisch mehr zu essen, da ich doch nur eine kleine Schorle trinken wollte.

Diese Gedanken waren fremd und mir kam es vor, als ob sie jemand anders dachte, als ich mich dabei ertappte, wie ich am Glasboden der Mineralwasserflasche leckte. Wenn ich das heute erzähle, könnte ich vor Scham im Boden versinken, aber es ist die Wahrheit und mein Geständnis soll aus nichts als der Wahrheit bestehen. Herr Kommissar, nie zuvor hatte ich so deutlich wahrgenommen, wie stark der Geschmack von Kühlschrank durch Wurst geprägt ist. Eine leckerrauchige Note von Salamischeiben, köstliches Majoranaroma von Bratwurst, Generationen von Koteletts konnte ich auf dem Flaschenboden ausmachen. Verzückt schloss ich die Augen und ließ es einfach geschehen. Nach ein, zwei Runden mit der Zunge um den Flaschenboden kam ein neuer, irgendwie frischer Fleischgeschmack dazu. Ich hatte mir die Zunge an der Kante verletzt, der Flaschenboden war blutig eingefärbt. Es war mein eigenes Blut, das mir so animalisch gut schmeckte. Als ich meine Frau auf dem Flur hörte, wachte ich plötzlich auf aus meinem Rausch. Hastig beseitigte ich die Spuren und stellte die Flasche zurück in den Kühlschrank. Zum ersten Mal beschlich mich die Befürchtung, dass ich meinen Verstand verlieren könnte.

Ich griff meine Aktentasche und verließ grußlos die Wohnung in der Hoffnung, dass die frische Luft und die Routine des Arbeitsweges mein Nervenkostüm wieder stabilisieren würden. Aber diese Hoffnung war vergeblich. Schon der Anblick eines Hundes löste den nächsten Schub aus. Hot dogs, dachte ich unwillkürlich. Kleinere leckere Würste im Kuschelpelz. Warum eigentlich nicht? Sie können es mir glauben, Herr Kommissar, dass diese Gedanken für mich selbst unheimlich waren. Ich habe in meinem Leben niemals

Hundefleisch gegessen, nun sehnend diesem Dackel hinterherzuschauen und zu taxieren, wie viel Fleisch wohl an ihm dran sein könnte, war für mich unangenehm und verwirrend.

Auf dem Weg musste ich an früher denken: Salamibrötchen im Bäckerimbiss, Streichwurstwerbung an den Werbetafeln, die Dönerspieße rotierten im roten Licht der aufgehenden Sonne, jeden Tag stand der Aufsteller12 »Nur heute: Großer Grillteller 6,99!« vor dem *Dubrovnik-Grill.* Wo waren sie hin, diese glücklichen Zeiten? Sieben Euro, ein Klacks. Ich stellte mir vor, wie ich ganz ohne Besteck die Fleischmassen einfach in mich hineinschlingen, kurz kauen und herunterschlucken würde. Sogar das würzige Fett würde ich zum Schluss noch mit Brot vom Teller saugen, bis der glänzte und blinkte, ach was Brot!, ich würde einen der herrlich trockenen Cevapcici dafür nehmen. Den Tag verbrachte ich in einem Zustand eingeschränkter geistiger Präsenz, ich habe keine weiteren Erinnerungen an ihn als diese Erinnerungen, die mich quälten.

Mein dritter Tag begann etwas besser, ich aß Marmeladenbrot um Marmeladenbrot, bis einfach nichts mehr hineinpasste. Mein Plan war, kein Fitzelchen Platz mehr im Magen zu lassen. Mein Körper – eine

Stopfgans. Trotzdem spürte ich eine halbe Stunde später wieder diese Gier. Überall um mich herum sah ich Fleisch: die rosigen Gesichter der Menschen, die Singvögel in den Bäumen, die Hunde, die Katzen – alles Fleisch.

Hunger! Ich hatte Hunger! Konnte mich denn niemand hören? Irgendeine Art von Fleisch wollte ich essen, egal was. Drüben düngte ein Gärtner die Grünanlagen mit Hornmehl. Durch die hohe Luftfeuchtigkeit des Morgens roch es angenehm nach den zerschroteten Rinderhörnern und Hufen. Ich hätte dem Mann mit der grünen Latzhose am liebsten die Tüte aus der Hand gerissen und auf der Stelle die Späne gefuttert.

Vorher war ich nie so gewesen, ich schwöre, Herr Kommissar! Das Schlimmste, was man mir früher vorwerfen konnte, war vielleicht, dass ich ein wenig langweilig war. Und nun kämpfte ich mit sich mir aufdrängenden Gewaltfantasien.

In unserer Kantine gab es immerhin sogenannte Bratlinge. Dinkelbratlinge, Sojabratlinge, Gemüsebratlinge, jeden Tag eine andere Sorte. Irgendwie zusammengepapptes Zeug, das dann in der Pfanne gebraten wurde und eine Art Fleischersatz war. Tatsächlich halfen sie mir etwas, meine Anfälle von Fleischgier zu mildern. Ich stellte mir bei jedem Bissen vor, wie ich früher in Würste oder Buletten gebissen hatte, gewöhnungsbedürftig, aber besser als nichts.

Nach außen war ich natürlich bemüht, mir nicht anmerken zu lassen, wie schwer mir der Verzicht fiel, und glaubte auch, mich einigermaßen im Griff zu haben. Aber die langjährige Sekretärin sprach mich an diesem Tag an und bat mich inständig, doch weniger über Fleisch zu reden. Sie sei keineswegs die Einzige, ein paar Kollegen hätten das auch schon gesagt. Natürlich habe man Verständnis für meine Lage. Ob mir das mit der vegetarischen Ernährung denn so schwerfallen würde? Ich konnte förmlich hören, wie daraufhin bei mir eine Saite riss. Das ginge sie überhaupt nichts an, bellte ich nervös zurück. Sie solle sich um ihre eigenen Angelegenheiten kümmern, wie ihren Ehemann, der doch wohl auffällig oft auf Dienstreise sei. Und im Übrigen würde mir das überhaupt nichts ausmachen mit der vegetarischen Ernährung.

Spätestens hier hätte ich Schluss machen sollen, Herr Kommissar. Mir hätte klar werden müssen, in welche Abgründe ich mich begeben hatte. Bisher war ich immer so ein friedfertiger, total unauffälliger Mensch gewesen, meine Mitschüler brauchten zum Teil zwei bis drei Schuljahre, um sich meinen Namen zu merken.

Und jetzt hatte ich es gewagt, die ungekrönte Königin unseres Teams zusammenzubrüllen, ohne mir Gedanken um die Konsequenzen zu machen. Wäre ich heimlicher Raucher gewesen, wäre ich danach auf die Toilette gegangen, um dort eine Zigarette zu rauchen, aber wo hätte ich heimlich ein Stück Fleisch essen können?

Tom Tofu war der Online-Name eines Vegetariers, dessen Blog ich zum ersten Mal in jener Nacht gelesen hatte, in der ich in die Vegetarier-Falle gegangen war. In seinem Blog schrieb er über die Schwierigkeiten der ersten Tage, wie man damit umgehen konnte, welche Probleme man wie am besten vermeiden konnte und wie er es schließlich geschafft hatte, ein glücklicher Vegetarier zu werden. Seine Tipps waren echt gut. Ohne ihn wäre ich kaum bis Tag drei gekommen. An diesem Tag kontaktierte ich ihn erstmals direkt. Ich war der Annahme, dass Tom Tofu täglich Hunderte Mails erhalten würde, und war überrascht, dass er mir ziemlich bald zurückschrieb! Ich solle durchhalten, ermutigte er mich. Diese Ausbrüche würden bald vorbeigehen. Wenn ich Lust hätte, könnten wir uns doch mal treffen. Beglückt las ich seine Nachricht, so konnte es wieder weitergehen.

Und tatsächlich löste sich nach etwa einer Woche meine Verzweiflung langsam auf und machte einer unverhofften Euphorie Platz. Sie können sich meine Erleichterung nicht vorstellen, Herr Kommissar. Nach den anstrengenden Tagen zwischen Gier und Verzweiflung schien sich jetzt Entspannung ihren Weg zu bahnen. Ich konnte es doch! Ich musste überhaupt kein Fleisch essen, um ein erfülltes Leben zu führen. Die Wiesen waren immer noch grün und der Himmel immer noch blau, da war es doch nebensächlich, dass das Essen nicht schmeckte. Und die viele Zeit, die ich durch die Umstellung auf vegetarische Ernährung gewonnen hatte! Der Vegetarier verzichtet aus Mitleid mit der Kreatur auf den Fleischgenuss, das vegetarische Essen bekam ich aus Selbstmitleid nicht herunter. Was sollte ich essen, wenn das Frühstück fade war, das Mittag wie ein unvollständiges Mosaik vor mir stand, weil das größte der Fächer im Menüteller leer blieb, und das Abendbrot trübselig meiner harrte. Wenn es überhaupt nicht mehr ging, würgte ich ein paar Scheiben wurstloses Brot herunter und trank dazu Wasser.

Trotzdem fühlte ich mich kräftig und frisch. Jeden Tag hätte ich kilometerweit laufen, ein neues Hobby anfangen können, irgendwas! Und ich brauchte damals nur vier, fünf Stunden Schlaf. Niemals hätte ich gedacht, dass es mir so gut mit Verzicht gehen könnte.

Zwischenzeitlich dachte ich sogar darüber nach, ob ich versuchen sollte, schmackhaft vegetarisch zu kochen. In der Buchhandlung schaute ich mir ein paar der Kochbücher zum Thema an, blätterte ein wenig darin herum und stellte sie zum Schluss aber doch angewidert ins Regal zurück. Es ist unmöglich, schmackhaft vegetarisch zu kochen, weil Gemüse nun mal nichts als eine Beilage ist, die schmerzhaft an das Fehlen des Eigentlichen erinnert. Ein Teller voll Gemüse ist so wenig eine Mahlzeit, wie ein Bräutigam vor dem Altar eine Hochzeit ist. Das ist die einfache Wahrheit, Herr Kommissar. Und Gemüse schmeckt einfach nicht. Von Kohl, Zwiebeln und Bohnen bekommt man Blähungen, Auberginen und Zucchini werden beim Garen schleimig und nach Paprika muss man aufstoßen. Einzig Kartoffeln sind ganz in Ordnung.

Es ist ganz evident, dass die Menschen mit dem Verzicht auf Fleisch auch auf den Genuss verzichten. Schauen Sie sich nur die Kochbücher der Spitzenköche vergangener Zeiten, die berühmten Gerichte in den Romanen und Erzählungen aus goldenen Zeiten, die Nationalspeisen der Länder an! Selten werden Sie dort von Zucchinipfanne oder Wirsingauflauf hören oder lesen. Immer gehörte das Fleisch zum Festessen. Nein, Herr Kommissar, man kann sich nicht wohlschmeckend vegetarisch ernähren. Ich gab es einfach auf. Auch Früchte sollen ja vegetarisch sein und davon schmecken manche ganz gut. Ich konnte doch aber nicht den ganzen Tag Nachtisch essen! Das war vollkommen gegen alle animalischen Instinkte und Triebe. Meine Vorfahren waren nicht von den Bäumen herabgeklettert und hatten sich die Erde untertan gemacht, damit ich mich jetzt wie ein Gibbon ernährte!

Dennoch sah ich in dieser Zeit alles positiv, war euphorisch. Ich genoss die Zeit, die ich gewonnen hatte, arbeitete ohne Pausen, machte große Spaziergänge und noch größere Pläne für die Zukunft. Ich war zuversichtlich, die Lage dauerhaft in den Griff bekommen zu haben.

Keine Ahnung, wann mich meine Frau das erste Mal wegen meiner Aussetzer ansprach. Es war vielleicht so zwei, drei Wochen nach dem Tag X. Ich weiß noch, dass ich sie zunächst nicht ernst nahm und ihr nicht glauben wollte. Zum Beweis machte sie mit der Videokamera eine Aufnahme. Sie wissen ja selbst, Herr Kommissar: Es ist immer merkwürdig, seine eigene Stimme zu hören oder sich auf Video zu sehen, aber diese Bilder waren für mich wahrhaft erschreckend: Die Aufnahme zeigte, wie ich mitten in einem Satz verstumme, mir der Unterkiefer herunterfällt und ich Worte wie »Hackbraten« und »Leber« zu nuscheln beginne. Die Augen weit aufgerissen, laufe ich in der Wohnung herum und stecke mir wie ein Kleinkind alles Mögliche in den Mund, kaue darauf herum. Nach zwei Minuten ist der Spuk vorbei und ebenso unvermittelt wie der Anfall angefangen hat, spreche ich den davor begonnenen Satz zu Ende.

Dieses Video war ein Schock. Der Allgemeinarzt überwies mich zum Nervenarzt, der ein EEG schrieb und mich zum Kopfröntgen überwies. Aber insgesamt, sagte er, sähe es ihm nicht nach etwas Neurologischem aus. Das ist irgendwie typisch für Ärzte. Du gehst zu einem Facharzt und der sagt nach tausend Untersuchungen, dass das nichts für den Facharzt ist. Das EEG war normal. Meine Aussetzer nannte er dissoziative Fuguen, was so etwas ist wie Augenblinzeln – nur vom Gehirn. Gerade bei Neuvegetariern sei das ganz normal. Die unterdrückten Fleischgedanken würden an die Oberfläche drängen und umso unkontrollierter einschießen, je stärker ich sie zuzudecken versuchte. Nach ein paar Monaten würde es besser werden, weil mein Körper dann durch die vegetarische Ernährung nicht mehr die Kraft für solche Gehirnleistungen hätte.

Nicht, dass ich etwas vor Ihnen geheim halten will, Herr Kommissar, aber an die nachfolgende Zeit habe ich nur wenige klare Erinnerungen. Ich weiß noch, wie ich mich eines Tages im Norden der Stadt wiederfand, weitab von Arbeit und Wohnung, meine Hände an einem roten Fabriktor festgekrallt. Verdutzt schaute ich mich um. Wie war ich nur hierher gekommen? Offensichtlich hatten mich wieder besonders schlimme Fleischgedanken heimgesucht, die in den letzten Wochen immer intensiver geworden waren. Mittlerweile kam ich dafür kaum noch zu Bewusstsein, teilweise kam ich erst Stunden später wieder zu mir, im Mund einen Kuschelbären. Ich schaute mich um, in der Gegend war ich noch nie zuvor gewesen. Industriebauten, Einkaufszentren, eine Schnellstraße zerschnitt die Landschaft nach Norden.

Das Eisentor setzte sich plötzlich quietschend in Bewegung. Erschrocken sprang ich zurück. Das Tor öffnete sich für einen Lastwagen, auf dem eine Ladung Schweine quiekte. »Fleisch- und Wurstwaren Europa« stand über dem Werkstor – von einem Werbeplakat sah mich ein rosa Schwein an, das unter einem hochgezogenen Dirndl einen riesigen rosa Schinken zum Vorschein brachte. Es zwinkerte dem Betrachter aufreizend über die Schulter zu. Mir kam es vor, als wolle es sagen:

»Nimm mich – ich will es und Du willst es doch auch!«

Entsetzt wich ich zurück und wollte mich auf den Heimweg machen. Doch mein animalischer Instinkt hatte mich vor die Tore der Stadt geführt, meinem Intellekt fiel es dagegen schwer, mich wieder in meine Gegend zurückzubringen, in eine Welt, in der ich unterbewusst offenbar nicht mehr sein wollte. Mein Kopf sagte, dort gehörst du hin, mein Bauch wusste, dass das nicht die Wahrheit war.

Ich kam irgendwann in der Nacht vollkommen entkräftet nach Hause. Meine Frau kochte mir noch eine kleine Wurstsuppe, damit ich wieder zu Kräften käme, eine Tofu-Wurstsuppe natürlich. Aber mein Körper konnte sie einfach nicht bei sich behalten, ich rannte zur Toilette, wo ich irgendwann vollkommen erschöpft mit dem Kopf auf der Toilettenbrille einschlief.

Es reichte langsam! Am nächsten Morgen schrieb ich Tom Tofu, dass ich mich dringend mit ihm treffen müsse. Ich wüsste nicht mehr, wie es weitergehen solle. Tom Tofu war für mich die Verkörperung des Vegetarismus und somit die Möglichkeit, jemanden zur Verantwortung zu ziehen, von Angesicht zu Angesicht meine Empörung auszudrücken. Er schrieb mir wieder sofort zurück, wir verabredeten uns für den Nachmittag in einem indischen Café.

Für einen Vegetarier sah Tofu erstaunlich gut genährt und entspannt aus. Er lächelte mich freundlich an und bestellte uns beiden etwas, das er Chai Latte nannte und von dem ich mit Sicherheit nur sagen kann, dass es heiß und flüssig war. Ich erzählte Tom Tofu, wie ich Vegetarier geworden war, wie es mir bisher ergangen war und dass ich jetzt das Gefühl hatte, so könne es nicht mehr weitergehen. Ich berichtete von meinen schrecklichen epilepsieartigen Aussetzern, die ich bei der bloßen Erwähnung eines Fleischgerichtes bekäme, aus denen ich oft erst nach ein, zwei Stunden wieder erwachte. Natürlich erzählte ich ihm auch von meinem unfreiwilligen Ausflug vor das Werkstor der Wurstfabrik. Ich hätte das Gefühl, dass ich wieder mit dem Fleischessen anfangen müsse, wenn mir mein Leben lieb war, sagte ich zu ihm.

Tom Tofu hörte sich meine Erzählungen mit großem Interesse und viel Hinwendung an. Er erinnerte mich fast an einen Pfarrer im Beichtstuhl. Jedem würden solche Zweifel kommen, sagte er. Ihm selbst wäre es früher auch so ergangen. Ich solle mir deswegen keine Vorhaltungen machen. Ihm habe damals das Schreiben geholfen, sein Blog würde ich ja kennen. Für ihn sei das

Schreiben über seine Existenz als Vegetarier ein großer Akt der Befreiung gewesen. Vielleicht wäre das auch ein Weg für mich?

Ich war skeptisch. Sie müssen verstehen, Herr Kommissar, ich habe schon in der Schule ungern Aufsätze geschrieben. Das Schreiben selbst war nicht das Problem, aber dass die ganze Klasse es lesen konnte, gefiel mir nicht gerade und der Gedanke, ein Blog zu schreiben, das die ganze Welt lesen konnte, war mir ein Graus. Kein Problem, beruhigte mich Tofu. Es ginge ja eher um die Offenlegung der Probleme des vegetarischen Daseins im Allgemeinen. Wenn ich Lust hätte, könne ich ihm auch die Texte schicken und er würde sie unter seinem Namen in sein Blog setzen. In jedem Fall seien meine Erlebnisse ganz normal, eine vorübergehende Phase, die ich sicher überwinden würde, so wie er seine Phasen überwunden hätte. Ich sagte, das würde ich mir gern überlegen, warum sollte ich ihm nicht ab und zu einen kurzen Beitrag liefern.

Natürlich, Herr Kommissar, Sie sind Kriminalist, und lächeln jetzt wissend hinter der Lampe hervor. Aber wie hätte ich ahnen können, dass er mir eine Falle stellte? Ich war schwach, ich war kraftlos, ich suchte Zuspruch. Tom Tofu war der Strohhalm, an den ich mich klammerte.

Er schöpfte einen Löffel Honig in die scheußliche Zimtbrühe, rührte um und lächelte mich an. Heute erscheint es mir absurd, aber damals bedeutete dieses Lächeln die Welt für mich. Wenn Tom Tofu, der berühmte Vegetarier-Blogger, mit mir Chai Latte trank und dabei lächelte, dann gab es Hoffnung. Ich schüttelte seine Hand, es würde für mich weitergehen. Noch am selben Abend schrieb ich meinen ersten Beitrag für das Blog von Tom Tofu.

Entwöhnung – die Kraft ist weg

Irgendwann später fragte mich meine Frau, ob ich depressiv sei – keine Ahnung, ob es ein paar Tage oder ein paar Wochen nach meinem unfreiwilligen Ausflug zu »Wurstwaren Europa« gewesen war. Nehmen Sie mir diese Ungenauigkeiten nicht übel, Herr Kommissar. Ich schwöre, dass ich es nicht besser rekonstruieren kann. Mein Leben ohne Fleisch kam mir vor, als wäre ich in einem illegalen Internierungslager gefangen, und die Zeit war der sadistische Folterknecht an diesem Ort des Grauens. Freude war jede Sekunde, die vergangen war, Qual jeder Augenblick, der vor mir lag.

Die Frage meiner Frau begründete sich wohl darin, dass ich mich nicht so wie sie über das Sideboard gefreut hatte, als es endlich da war. Ich weiß noch, dass ich es mir sogar fest vorgenommen hatte, weil ich die Freude als meine eheliche Pflicht ansah. Aber stattdessen hatte ich mich in einem Labyrinth voller Sorgen und Befürchtungen verirrt. Ich wusste, es wäre besser gewesen, wenigstens Zustimmung zu zeigen, aber es ging nicht. Was, fragte ich mich, wenn ich mich nun bei meinen täglichen Gängen über den Flur an diesem neuen Sideboard stoßen würde, womöglich immer an der exakt gleichen Stelle? Am Anfang gäbe das vielleicht nur einen blauen Fleck, aber wenn ich mich wieder und wieder dort stoßen würde, dann würde das immer schlimmer werden und schließlich eine schwärende Wunde von meinem Oberschenkel aus den ganzen Körper mit den Reißzähnen des Wundbrandes auffressen.

Sie brauchen nicht so zu schauen, Herr Kommissar. Heute ist mir der Unsinn dieser Gedanken klar, schon damals hatte ich eine Ahnung, dass sie töricht sind, aber ich konnte sie nicht unterdrücken. Meine eigenen Gedanken waren damals meine schlimmsten Feinde. Ich fürchtete, das Sideboard würde das zulässige Höchstgewicht überschreiten, das überhaupt im Flur gestellt werden darf, was wir selbst im Mietvertrag vor zwanzig Jahren unterschrieben haben, woran wir uns angeblich nicht mehr erinnern würden – der hemdsärmelige Chef der Mordkommission schnaubt dann immer so verächtlich, wenn ich das sage, und Zigarettenqualm kommt ihm aus den Nasenlöchern –, jedenfalls brach in meinen Schreckensfantasien das Sideboard durch die Flurdecke zu den Mietern unter uns, während diese sich gerade mit ihren sieben Kindern anzogen, um Lieder für bedürftige alte Leute singen zu gehen. Der Vater hatte noch Glück, insofern er nur vom Hals abwärts querschnittsgelähmt war, aber die anderen acht Köpfe der Familie würden nie wieder singen. Bei den Ermittlungen wären wir verdächtig, da wir uns in den Wochen zuvor pausenlos über den Lärm beschwert hatten. Dann würden sie mich mit einer schwärenden Wunde in ein thailändisches Gefängnis stecken, wo ich meine letzten Monate in einer Art und Weise verbringe, dass mir die anschließende Hölle wie ein Erholungsurlaub vorkommt.

Nehmen Sie mir das mit dem Chef der Mordkommission nicht übel, Herr Kommissar, das waren damals eben so meine grauen Gedanken. Wahrscheinlich hatte meine Frau recht und ich war wirklich ein wenig depressiv. Unter uns wohnen seit Jahren die Webers, ein älteres Ehepaar. Die haben keine Kinder und über ihren Lärm habe ich mich niemals beschwert. Damals konnte ich mich einfach nicht mehr freuen. Worüber auch? Meine Haut war grau, mein Gang schleppend, meine Kleidung hing mir vom Körper. Zwölf Kilo hatte ich abgenommen, es war erstaunlich, dass es nicht noch viel mehr war, das ich weniger war.

Tom Tofu hatte mir den Tipp gegeben, doch vor allem vegetarisches Essen mit Gesicht zu essen, aber es half nichts. Zum Frühstück aß ich Schokobären oder die Cornflakes mit dem Hahn oder den Honigbienen auf der Schachtel. Doch so intensiv ich auch auf die Verpackung starrte, das ersehnte Gefühl, etwas Richtiges zu essen, stellte sich nicht ein. Auch wenn Dinosaurier-Nudeln in meiner Gemüsesuppe herumschwammen, brachte das keine Erleichterung. Denn egal ob Gemüsesuppe oder Bulgurplätzchen, Polentaauflauf oder Spinattaschen, ich konnte versuchen, meinen Kopf zu täuschen, mein Bauchgehirn ließ sich nicht hereinlegen. Schauen Sie nicht so verwundert, Herr Kommissar, ja es gibt so etwas wie das Bauchgehirn. In Magen und Darmwand finden sich mehr als hundert Millionen Nervenzellen und die sind bei Weitem nicht so leicht zu täuschen, wie ich das angenommen hatte. Ich schüttete das fleischlose Zeug in mich hinein und ein paar Minuten später kam dennoch das Alarmsignal: Hunger, wir haben immer noch Hunger! Wo ist das Stück totes Tier, das wir dringend brauchen, um uns zu ernähren? Da das Essen ohne Fleisch also sowieso nichts brachte, gab ich es fast ganz auf. Ich will es einmal so ausdrücken, Herr Kommissar: Vegetarisch essen, das ist wie ein nicht erklärter Hungerstreik gegen sich selbst.

Mit quälender Klarheit erinnere ich mich, wie ich in diesen Tagen auf dem Bahnhofsvorplatz plötzlich eine Wurst erblickte, sie war wohl einem Reisenden beim schnellen Weg zum Zug heruntergefallen. Sie lag direkt vor mir auf dem Asphalt, wälzte sich ein wenig in ihrem eigenen Ketchup. Ein wenig Wurstdampf stieg keck nach oben, wie um mich zu locken, ich spürte, wie mich mit dem Dampf ein angenehmes Gefühl von Kraft durchströmte. Dass sie auf dem Boden lag, dass sie angebissen war, dass womöglich etwas Straßenstaub an ihr klebte – dafür hatte ich keine Augen. Ich sah nur die Wurst, die scheinbar riesengroß vor mir lag. Ich hätte mich nur bücken, sie aufheben, dann in den Mund schieben, kauen, schlucken – ahh! Doch da war nichts mehr. Nichts. Ich suchte nach den Erinnerungen an die Zeit, wo mir so etwas noch Freude gemacht hatte. Ich lief suchend durch das Haus meiner Erinnerungen, doch sah ich dort nur leere Zimmer und im letzten stand eine Schüssel Hirsebrei auf dem Fußboden.

Die Wurst ließ ich liegen, ein Hund, irgendein verwurmter, verlauster mit Dreck verschmierter Straßenköter, dennoch Tausende Male weniger degeneriert als ich, würde sich ihrer annehmen.

Einer meiner damaligen Einträge in Tofus Blog beginnt mit den Worten: »Wo, oh wo nur ist das Stück Fleisch, das mir einst aus einem fröhlichen Soßenspiegel zulächelte?« Meine einzige Freude war Rückzug, Herr Kommissar.

Ich wurde schrullig, vertrieb mir die Zeit mit ungekannten, fragwürdigen Vergnügungen. So schloss ich mich immer öfter im Bad ein und inhalierte Soledampf aus einem Inhalator. Das Gerät war eigentlich für die Linderung von Husten gedacht, aber für mich war es damals die einzige Freude, der letzte Exzess, so schien es mir, der geblieben war. Wenn ich lange genug inhaliert hatte und den salzigen Schleim aus den Bronchen hustete, bewirkte das für mich die Illusion einer Mahlzeit im Mund, es war mir ein Fest.

Auf der Toilette musste ich auch daran denken, wie gut früher meine Verdauung funktioniert hatte. Verzeihen Sie mir den Ausdruck, Herr Kommissar, aber früher hatte ich kacken können, dass es eine Freude war. Wem dieses Vergnügen nie abhandengekommen ist, der kann das nicht verstehen. Geschissen hatte ich, meine Güte! Jeden Tag ein Ei und sonntags auch mal zwei, pflegte ich zu sagen, Herr Kommissar. Das beschwingte Gefühl danach, was für eine Erleichterung. Und seitdem? Seit ich Vegetarier war, kann ich kein einfaches Kacken mehr. Vegetarier haben keinen Stuhlgang, hatte ich bei Tom Tofu gelesen, Vegetarier haben Verstopfung. Er empfahl, dass ich mir täglich drei Esslöffel Rizinus-Öl auf nüchternen Magen (was auch immer das für einen Vegetarier heißen sollte) einflößte und zweimal wöchentlich handwarme Einläufe mit pflanzlicher Gelatine machte, sonst würde bald gar nichts mehr gehen, sonst hieße es Rettungsstelle mit Tatütata und operative Entfernung von Kotsteinen. Ja, Kotsteine, so stand das da, offenbar ein medizinischer Fachbegriff. Vorher hatte ich auch nicht gewusst, dass es so etwas überhaupt gibt, aber die Vegetarier haben immerzu damit zu tun. Keine Verdauung, der Darm stößt die grässlichen Zutaten ab, kann dieses Pflanzenzeug, letztendlich Zellulose nicht verdauen, die Schlacke bleibt liegen und droht die Darmflora vollständig zu zerstören.

Linsen, Dinkel, Grünkernbratlinge – niemand möchte so etwas essen. Zwei Zähne fielen mir schon in den ersten vier Wochen aus. Bei Tofu las ich, dass das noch vergleichsweise glimpflich sei. Viele würden am Anfang viel mehr Zähne verlieren. Die Zähne verabschiedeten sich vorzeitig, weil es nichts mehr für sie zu tun gab. Die flauen Suppen und Pürees konnte man auch ohne ihre Hilfe hinunterschlingen. Früher, als sie noch Muskelfasern von Knochen reißen mussten, Hühnerbeine abnagten und ganze Muskelpartien zerteilen mussten, da gab es noch Arbeit. Vegetarische Ernährung hieß wortwörtlich ins Gras zu beißen.

Natürlich schwand auch das Zahnfleisch, an irgendwelche Reserven musste der Körper ja heran. Am Anfang sei es am schlimmsten, später würde es immer langsamer gehen, schrieb Tom in seinem Vegetarier-Blog. Logisch, denn wenn ich am Anfang des Fleischverzichtes jede Woche einen Zahn verliere, kann ich schon ein halbes Jahr später nur noch einen einzigen Zahn verlieren. Und kurz darauf kann ich frohlocken, dass mir keine Zähne mehr ausfallen. Mann, diese Vegetarierlogik! Manchmal ging sie mir schon damals ziemlich auf die Nerven.

Damals, Herr Kommissar, hatte ich mein Lächeln schon längst verloren. Fröhlich war ich nur noch, wenn ich an mein früheres Leben dachte. Unklar erinnerte ich mich daran, früher sogar arbeiten gewesen zu sein, offensichtlich sogar mehrmals monatlich. Das hätte ich inzwischen schon rein kräftemäßig nicht mehr geschafft. Überhaupt: meine Ausstrahlung: Nach allem, was ich wusste, war ich früher ein Mann gewesen. Doch durch meinen Beitritt zum Vegetarismus änderte sich mein Körper. Die Grundspannung war dahin, besonders die Brust war in sich zusammengefallen. In Tom Tofus Blog las ich, das sei durchaus typisch und komme vom Östrogenmangel, den der Fleischverzicht auslöse. Längst habe sich der moderne Mensch an die Ernährung mit Östrogen-gemästetem Fleisch adaptiert. Lässt man das Fleisch nun mutwillig weg, fällt auch die Brust zusammen wie ein Kartenhaus. Ich roch auch nicht mehr männlich. Kein Steak, kein Testosteron, so einfach war das.

Überhaupt gäbe es keine attraktiven Vegetarier, was aber nicht beunruhigend, sondern eine ganz normale biologische Folge sei, schrieb Tom in seinem Blog. Schließlich hätten vegetarisch lebende Menschen einfach nicht genug überschüssige Energie, um Schönheit auszustrahlen. Wie schon der Begriff »ausstrahlen« verrate, sei dies ein energieaufwendiger Prozess, den der Körper praktisch nur bei einem Überangebot von Energie leisten könne und den er bei Unterversorgung automatisch einstellen würde. Außerdem verkürzen sich bei Vegetariern die Beine und der Hals durch die spontanen Knochenbrüche wegen Kalk- und Proteinmangel. Derart zugerichtete Menschen könnten nun mal nicht dem althergebrachten Schönheitsideal entsprechen. Aber das sei nicht tragisch, Vegetarier seien ja sexuell ohnehin nicht aktiv.

Tatsächlich: Wenn ich mich in der Öffentlichkeit bewegte, war das so, als gäbe es mich gar nicht. Der Mann ohne Eigenschaften war immerhin ein Mann. Mich nahm man überhaupt nicht wahr. Ständig wurde ich angerempelt oder mir wurde auf die Füße getrampelt, ohne dass die Leute auch nur aufschauten. Ich war keine Person mehr, nur noch ein vegetarisches Straßenverkehrshindernis. Längst war ich zu schwach, um mich dagegen zu wehren oder nur etwas zu sagen.

Ich schrieb Tom Tofu, ob das denn alles noch gesund sei, ob ich denn nicht doch ab und an mal ein kleines Stückchen Fleisch essen könne, um wenigstens die vollkommene Entkräftung zu verhindern. Ob wir Vegetarier uns damit nicht selbst schaden würden, weil wir ja durch unsere Geschlechtslosigkeit die Gabe des Vegetarismus nicht an die nächsten Generationen weitergeben könnten. Nein, schrieb Tofu umgehend zurück. Keinesfalls dürfe ich auch nur irgendein Stückchen Fleisch ansehen, sonst würde mir umgehend mein Vegetarismus aberkannt werden.

Ich weinte damals gern, wenn ich einen Grund dafür

hatte, dann fühlte ich mich gleich wohler. Gab es keinen Grund zum Weinen, machte mich das traurig, weil ich mich dann nicht wohler fühlen kann. Darum weinte ich, das hatte ich sozusagen gut im Griff.

Einmal schreckte ich nachts um 2 Uhr auf meinem Sofa hoch. Ich musste dort am Abend zuvor eingeschlafen sein. Für einen kurzen Moment grausamer Klarsichtigkeit fühlte ich mich wie früher und wunderte mich, warum ich eine weit geschnittene Latzhose aus lila gefärbtem Leinenstoff, Ökolatschen und eine selbst gehäkelte Mütze trug. Früher war ich ein modebewusster, man könnte sagen: fescher Mann gewesen. Das graue Stück Mensch, das in selbst gefärbten Ökoklamotten auf dem Sofa eingeschlafen war, hatte damit gar nichts zu tun. Dann fiel mir wieder ein, dass ich Vegetarier geworden war und mein Aussehen egal. Ich fiel beruhigt wieder in den Schlaf zurück.

Das muss in etwa die Zeit gewesen sein, als mir auffiel, dass meine Frau verschwunden war. Jedenfalls hatte ich sie wochenlang nicht mehr in der Wohnung gesehen und es gab unklare Erinnerungen daran, dass sie mich einige Male in sehr scharfem Tonfall angesprochen hatte.

Sie haben natürlich recht, Herr Kommissar, man sollte meinen, dass die Trennung von der langjährigen

Ehefrau mehr Erinnerungen hinterlässt, aber wie dem Verdurstenden die Tränen abhandenkommen, verliert der Vegetarier jegliches Gefühl für sein Gegenüber. Ich vernachlässigte andere so, wie ich mich selbst vernachlässigte. Letztes erkennbares Überbleibsel von Selbstfürsorge war meine Sorge um das Verschwinden meiner Libido. Früher war ich so stolz auf meine Manneskraft gewesen, das Gefühl, meinen Körper im Griff zu haben, verbunden mit Visionen von Sünde und Verbotenem. Doch Tom Tofu hatte völlig recht. Seit Beginn des Vegetarismus hatte ich keinerlei Lustgefühl mehr. Gingen schöne Frauen an mir vorüber, gab es früher doch die kurzen Fantasien von nackter Haut und körperlicher Begegnung. Seit meinem Verzicht gab es diese Fantasien nicht mehr, es gab überhaupt keine Fantasie mehr.

Der Erotikshop, den ich aufsuchte, in der Hoffnung, meine Lust wiederzubeleben, lag im Souterrain eines Mietshauses. Nachdem ich den schweren Schritt über die Schwelle geschafft hatte, verschnaufte ich zunächst ein wenig und schaute mich um, doch die ausgestellten Druckerzeugnisse und Filme erschienen mir ausgesprochen lahm, taugten für mich allenfalls als Einschlaflektüre. Ich sprach die stark geschminkte Verkaufsangestellte an, ob man denn auch Pornografie von größerer Wirkstärke bekommen könne. Ich hätte nämlich ein erhebliches Problem, seitdem ich Vegetarier sei. Zu meiner Überraschung behandelte sie mich ganz entgegenkommend und freundlich, ja verständnisvoll. Das sei jetzt ein häufig auftretendes Problem, da solle ich mir keine Gedanken machen. Jeden Tag kämen hier Vegetarier mit genau derselben Problematik herein. Ich solle mir beim Hausarzt ein Rezept geben lassen, denn das, was ich brauche, sei verschreibungspflichtig, das könne sie mir nicht einfach über den Tresen reichen.

Zum Arzt, aha. Ich druckste verlegen herum. Wie sollte ich an so ein Rezept kommen? Meinen Hausarzt hatte ich in den vergangenen Jahren wegen grippaler Infekte, Rückenschmerzen und einmal auch wegen Herzrasen aufgesucht. Es wäre mir doch sehr unangenehm gewesen, ihn nun um so ein Rezept zu bitten. Ob sie da eine Empfehlung hätte?

Natürlich, sagte die Verkäuferin, gleich zwei Etagen über dem Shop gäbe es eine spezialisierte Arztpraxis. Wenn ich meine Versicherungskarte dabeihätte, würde mir sofort geholfen werden. Die Praxis war winzig klein und schien aus kaum mehr als dem Eingangsbereich zu bestehen. Gleich nach dem Eintreten fragte mich die Frau hinterm Tresen, ob ich von unten käme. Als ich erstaunt bestätigte, las sie meine Karte ein, nahm von einem Stapel ein Rezept, das sie mit meinem Namen bedruckte und mir aushändigte. Danach schauten wir uns beide für einen kurzen Moment ratlos an.

Ob ich noch einen Wunsch hätte, fragte sie mich. Nicht direkt, sagte ich. Ob mich der Spezialarzt nicht noch sehen wolle? Das müsse nicht sein, sagte sie. Aber wenn ich darauf bestehen würde, müsse ich mich auf eine längere Wartezeit einrichten, der Herr Doktor sei gerade auf einem Außentermin. Mit einem etwas unguten Gefühl verließ ich diese merkwürdige Praxis.

Unten im Laden nahm die Verkäuferin mein Rezept lächelnd entgegen und ging mit mir ins Hinterzimmer. Das Hinterzimmer in einem Erotikshop! Gewissermaßen das Hinterzimmer der Hinterzimmer, Herr Kommissar. Und meine Güte, was es da nicht alles gab! Im Wert von dreißig Euro durfte ich mir etwas zusammensuchen. Die Verkäuferin gab mir eine schwarze, blickdichte Plastiktüte, in die ich rasch ein paar besonders vielversprechende Produkte stopfte.

Sie können es sich vielleicht vorstellen, Herr Kommissar: Endlich wieder Hoffnung! Seit ich kein Fleisch mehr aß, kannte ich dieses Gefühl fast nicht mehr.

Zwischen Brokkoliröschen und Reisgebäck war mein sexuelles Begehren gänzlich erstickt gewesen. Jetzt rannte ich förmlich nach Hause, um zumindest wieder diese Fleischeslust in mir zu wecken. Ich kochte mir eine Tasse Kaffee und zündete im Bad ein paar Teelichter an. Wie lange war es her, zwei Monate, drei Jahre? Ich wollte diesen Moment einfach zelebrieren. Schon das erste Heft zeigte ungeahnte Dinge, von Seite zu Seite wurde es schärfer und verbotener. Niemand kann ahnen, was überhaupt anatomisch möglich ist zwischen Männern, Frauen, Lederpeitschen und einer Okarina. Erst behutsam, dann immer fester fasste ich nach meinem Geschlecht. Endlich war ich wieder ein Mann, etwas passierte, ein wenig Lust, ich war am Leben!

Doch stellen Sie sich mein Entsetzen vor, Herr Kommissar! Vor Scham wäre ich am liebsten im Boden versunken, genau dort, wo der Boden weltweit am tiefsten ist. Oh nein, ich hätte schreien wollen. Noch immer hielt ich mein Geschlecht in der Hand, doch es war nicht mehr mit meinem Körper verbunden. Dort klaffte nur noch eine leere Stelle, die nicht einmal eine größere Wunde zu sein schien. Panisch leuchteten ein paar Tropfen Blut auf einem schrundigen Feld. Ich hatte mich kastriert! Alarmiert löschte ich die Teelichter, sammelte die Hefte in ihre Tüte und legte mein Geschlecht in eine Tüte voll Eis. Nicht schnell genug konnte mich die Straßenbahn zum Krankenhaus fahren.

In der Rettungsstelle wusste ich erst nicht, wie ich mein Problem beschreiben sollte. Es gibt Dinge, die sind ein wenig peinlich, doch das hier war der internationale Weltrekord der Peinlichkeit. Aber der Arzt blieb professionell und routiniert. Als ich stammelnd begann, mein Problem zu schildern, fragte er mich unvermittelt, ob ich denn seit einiger Zeit Vegetarier sei. Überrascht bejahte ich. Er schaute mit dem mitleidigen Blick des Wissenden auf den Eisbeutel in meiner Hand. Dann könne ich den da gleich wegschmeißen, sagte er. Bei vegetarischer Mangelernährung reiche die Durchblutung einfach nicht für einen Penis aus, das sei eine ganz normale Nebenwirkung, ob mir das keiner gesagt habe. Der Verzehr von toten Tieren sei von jeher eine unabdingbare Voraussetzung für die Vitalität der männlichen Grundfunktion. Wenn ich darauf bewusst verzichte, so könne ich das tun, solle mich aber nicht wundern. Wer Abfahrtsski fährt, müsse mit zerrissenen Bändern im Knie rechnen. Und wer kein Fleisch isst, solle sich nicht über das Abfallen seines Penis aufregen. So was käme eben von so was.

Risiken und Nebenwirkungen. Er gab mir noch ein paar Schlaftabletten, damit ich über den Verlust leichter hinwegkäme, warnte mich aber davor, die ganze Packung auf einmal zu nehmen.

Hoffnung / Neubeginn

Die schlimmen Stunden in der Rettungsstelle wurden zu meiner Schicksalsnacht, danach war vieles anders. Es gab für mich nicht mehr nur noch Tom Tofu und seine veganen Freunde, sondern ich begann, mich auch in Foren der anderen Seite der Diskussion umzuschauen. In einem Forum mit dem Namen »Meat friends« bekam ich einen persönlichen Kontakt. Der Schreiber nannte sich *bruehwuerfel69* und sagte, ihm sei aufgefallen, dass ich ziemlich viele Fragen hätte, Fragen, die manchen Leuten garantiert nicht in den Kram passen würden. Ob wir uns mal treffen wollten? Aus purer Antriebslosigkeit schrieb ich ihm nicht zurück.

Ein paar Tage später meldete sich *bruehwuerfel69* wieder. Er schrieb, dass er sich nicht darüber wundern würde, keine Antwort von mir zu bekommen, er kenne diese Lethargie, habe selbst darunter gelitten. Beiläufig erwähnte er, jeden Montag gegen vierzehn Uhr im letzten McDonald's der Stadt zu sein.

Am Montag darauf zögerte ich zuerst, einen Termin hatte ich schon seit Ewigkeiten nicht mehr gemeistert. Aber die Neugier brachte mich dann schließlich doch ins Schnellrestaurant. Sie kennen McDonald's sicher, Herr Kommissar, in unserer Kindheit gab es diese Imbisstempel ja noch an jeder Straßenecke. Meine Güte, wie lange ich dort schon nicht mehr gewesen war! Ich dachte daran, wie ich als kleiner Junge mit meinen Eltern dort war. Meine Erinnerungen an den Ort sind vor allem hell: die sauber gewischten Tische, das Neonlicht, die freundlichen Uniformen und das Spielzeug in bunten Plastikfarben.

Mit dem Ort meiner Kindheit hatte das heruntergekommene Restaurant an der Hauptstraße natürlich fast nichts mehr zu tun. McDonald's hatte großen Schaden durch die vegetarische Krise genommen, das Unternehmen schon zum dritten Mal den Besitzer gewechselt, außer dem Namen war nichts mehr übrig geblieben vom Glanz vergangener Zeiten. Offensichtlich waren weder das Mobiliar noch defekte Neonröhren in den letzten zwanzig Jahren gewechselt worden, sodass jetzt zwielichtige Gestalten an heruntergekommenen Tischen im Halbdunkel saßen. Die Werbeplakate waren vergilbt und der tätowierte Mann hinter dem Tresen sah vor allem robust aus. Dennoch war das Gefühl beim Eintreten vertraut, was wohl vor allem an dem heimeligen Duft von totem, durchgedrehtem und in Fett gebratenem Kuhfleisch lag.

Gleich nach meinem Eintreten erhob sich ein Mann von seinem Tisch und sprach mich an. Sie wollen wissen, wie er mich so schnell erkennen konnte, Herr Kommissar? Das genau fragte ich ihn als Erstes. Ganz einfach: die graue Haut, der leere Blick, der schlurfende Gang und die ungepflegten Klamotten. So sehen nur Vegetarier aus, sagte der Brühwürfel. Und Vegetarier verirrten sich sonst nur selten zu McDonald's.

Er wollte sich mit mir treffen, begann er das Gespräch, weil er anhand meiner Fragen bemerkt habe, dass ich ein Suchender sei. Er habe ein paar Antworten zu bieten. Ich nickte nur matt. Wie lange ich denn schon dabei sei, wollte er wissen. Ein paar Wochen oder Monate? Ratlos schaute ich ihn an. Als es losging, war es Weihnachten gewesen, ich vermutete, dass es etwa zwei Jahre waren. Der Brühwürfel schaute mich entsetzt an. Das muss schrecklich sein, sagte er. Wieder konnte ich nur matt nicken.

Der Brühwürfel hieß in Wirklichkeit Bert und begann zu erzählen: Ihn hätten sie auch gehabt, die

Schweine. Nein, Schweine sei eigentlich viel zu gut für diese Verbrecher, Schweine seien soziale, wohlschmeckende Tiere, aber diese Grasfresser seien höchstens Parasiten. Diese Spulwürmer, sie hätten ihn beinahe gebrochen, aber jetzt sei er wieder da. Und er habe sich vorgenommen, möglichst viele da wieder herauszuholen. Mich wollte er auch da herausholen und fragte, ob ich mir helfen lassen will.

Helfen – das Wort kam mir irgendwie bekannt vor. Ich helfe, du hilfst, er, sie, es hilft. Aber was hatte es mit mir zu tun? Warum wollte Bert Brühwürfel mir helfen? War er wahnsinnig oder nur eine Illusion und ich war wahnsinnig geworden? Er sagte, ich solle doch wenigstens mal eine Fleischbrühe zu mir nehmen, dann könne ich wieder einen klaren Gedanken fassen. Nein, wehrte ich routiniert ab, ich bin Vegetarier. Es war zum Automatismus geworden, ich entschuldigte mich bei Brühwürfel.

Warum ich denn Vegetarier sei, wollte er wissen. Na, wegen der Tiere, sagte ich. Und wegen der Umwelt.

Aha! Was ist denn mit den Tieren? Bert fing an sich zu ereifern, ich beobachtete ihn mit verwunderter Distanz. Früher hatte ich auch so werden können. Als ich noch Fleisch gegessen hatte, konnte ich mich auch noch ereifern.

Na, die werden jetzt nicht brutal geschlachtet in Tierfabriken und so, schlug ich vor.

Woher ich das wisse, wollte Bert wissen. Natürlich wusste ich es nicht, war es nur Hörensagen. Ich war immer davon ausgegangen, dass die Tiere, die ich nicht esse, auch nicht geschlachtet werden.

Alles sei viel komplizierter, erklärte Bert. Wenn ich plötzlich Vegetarier werde, dann können die fleißigen Arbeiter der Fleischindustrie doch nicht mir nichts, dir nichts aufhören, die Tiere für mich zu produzieren. Wenn ich meinen Entschluss fasse, würden viele Tiere schon schlachtreif für mich in den Ställen stehen. Man kann doch aber nicht einfach so die Bolzenschussanlage abstellen, weil plötzlich noch ein Vegetarier dazugekommen ist. Also müsse man diese armen Tiere schlachten und nach dem Schlachten einfach in den Müll schmeißen. Alles nur, weil ich mir plötzlich zu gut dafür sei, sie zu essen.

Außerdem, erklärte er weiter, könne man sich ja niemals sicher sein, wie lange ein Vegetarier auch Vegetarier bleiben würde. Eines Tages würde ich womöglich wieder in den Supermarkt spazieren und mir eine schöne Roulade kaufen wollen. Als er »Roulade« sagte, wurde mir ganz warm ums Herz. Wenn nun die freundlichen Bauern wegen der ganzen Vegetarier kein Fleisch mehr produzieren, ihre Ställe geschlossen und auf Dinkel umgestellt hätten, dann gäbe es kein Fleisch mehr, obwohl das der Körper so dringend benötigt. Dann würden mich im Supermarkt leere Regale anstarren und hinter der einstigen Fleischtheke würden Sojasprossen ins Kraut schießen. Dann würde es Jahre dauern, bis man wieder für alle Fleisch produzieren könne. Also würden die freundlichen Herrschaften von der Industrie für uns vordenken und wohl oder übel alljährlich Millionen sogenannter Reservetiere mitlaufen lassen, für den Fall, dass die Vegetarier wieder zur Vernunft kämen. Das heißt, dass Jahr für Jahr Millionen von toten Tieren direkt auf die Müllkippe geworfen würden – wegen des Vegetarismus. Einmal ganz abgesehen davon, dass das ganze Getreide und Gemüse, das die verschissenen Vegetarier in sich hineinschaufeln würden, irgendwoher kommen müsse und insofern den Tieren weggenommen werde, die dann dem Hungertod anheimfallen.

Und die anderen Tiere, die nicht produziert werden, ob ich mir einbilden würde, dass die froh wären. Ob ich mir denn wünschen würde, nicht geboren worden zu sein, um die Schrecken des Todes zu vermeiden? Ich schaute ihn nachdenklich an, gerade in diesen Wochen waren mir solche Gedanken manchmal gekommen.

Nein, wandte Bert ein, mein derzeitiger Zustand zähle überhaupt nicht. Er meine früher, normalerweise. Sicher hätte ich mir da nicht gewünscht, nicht am Leben zu sein. Und die leckeren Hühner, die saftigen Schweine und die würzigen Kälber, die würden sich auch wünschen, für mich geboren zu werden, aber ich würde dem ja einen Strich durch die Rechnung machen mit meiner lebensfeindlichen Lebensweise. Die Frage, ob man für oder gegen die Abtreibung sei, wäre im Falle eines Vegetariers vollkommen gleichgültig, da diese Menschen ohnehin täglich ungeborenes Leben vernichten.

Aber die Umwelt, warf ich ein, was ist mit der Umwelt?

Pah, die Umwelt! Bert winkte nur ab. Seit wann es der Umwelt geschadet habe, dass es Tiere gibt? Daran könne man doch erkennen, was das für ein verqueres Weltbild sei! Das einzige Tier, das der Umwelt Schaden zufüge, sei der Vegetarier. Natürlich würden die Kühe Gras fressen und pupsen, aber warum denn? Weil sie vorher die ganzen giftigen Gase aus den Gräsern sammeln und dann ab und zu mal ein kleines Wölkchen ablassen müssen. Was, das solle ich mir mal überlegen, wäre denn, wenn die ganze Welt plötzlich zum Vegetarismus konvertiere? Dann würden die Menschen

Bohnen, Erbsen und Linsen essen statt köstlicher Steaks und saftiger Schnitzel. Und dann? Was, wenn Milliarden von Menschen sich von Hülsenfrüchten ernährten? Eine wahre Gasexplosion hätte das zur Folge! Die gelegentlichen Darmwinde der Rinder würden sich im Vergleich dazu lächerlich gering ausnehmen. Die Kühe würden bei genauer Betrachtung unsere Fürze auf sich nehmen.

Außerdem sei es doch auch nicht umweltfreundlich, ein bestehendes Haus abzureißen, um dafür ein Niedrigenergiehaus zu bauen oder sein Auto ins Meer zu fahren, um sich ein sparsameres zu kaufen. Man könne den Vegetarismus nicht nur mit den Augen eines neunjährigen Mädchens betrachten, das gern ein Pferd besitzen oder eine Kuh am Leben lassen möchte. Wenn die Menschheit von heute auf morgen dem Massenvegetarismus anheimfiele, dann müssten Ställe, Separatorenfleischsilos, Mischfutterfetttanks abgerissen werden, grünes, saftiges Weideland in Ackerfläche umgerodet werden. Kühltruhen voll von schädlichen Klimagasen müssten von den Supermärkten entsorgt werden, vorbereitete Plastikverpackungen für Fleisch- und Wurstwaren weggeworfen werden.

Und wenn wir schon von der Umwelt redeten: Was sei denn bitte seit Menschengedenken der beste Dünger für die Pflanzen und Bäume überhaupt? Natürlich Dung! Und welche wertvolle Pflanzennahrung wird durch die vegetarische Epidemie nicht mehr produziert? Eben. Wer also erzähle, dass die Tiere oder die Umwelt leiden würden, der habe ja ganz offensichtlich ein ganz anderes Ding am Laufen. Darüber solle ich mal nachdenken und dazu vielleicht ein kleines Tässchen Fleischbrühe trinken, damit mein Gehirn wieder auf Touren kommt.

So sprach er auf mich ein, predigte, ereiferte sich, Herr Kommissar. Er möge sich beruhigen, bat ich ihn, so dramatisch sei es ja nun auch wieder nicht. Doch das hätte ich nicht sagen dürfen. Nicht dramatisch?, erregte sich Bert. Nicht dramatisch? Ich solle mir doch einmal, nur ein einziges Mal Gedanken über den Zusammenhang zwischen Frieden und »Fleisch für alle« Gedanken machen. Ob es nicht auffällig sei, dass es in Westeuropa schon seit mehr als sechzig Jahren so friedlich sei. Und wann der letzte Krieg zwischen den USA und Kanada getobt habe? Kriege gebe es doch immer nur in den Getreidestaaten, wo die Menschen nichts als Brot und Hülsenfrüchte zum Essen hätten. Da sei es ganz natürlich, dass die animalischen, ja kannibalischen Instinkte des Menschen zum Ausbruch kommen würden. Wenn hingegen den Menschen genug Fleisch zur Verfügung stünde, dann würde es keine Kriege geben. Die Vegetarier löschen nicht das Feuer unter den Grillrosten, sondern sie setzen die ganze Welt in Brand.

Das war mir doch etwas zu viel. Mit irgendeiner Ausrede verabschiedete ich mich von Bert Brühwürfel, der sich mit hochrotem Kopf ein XXL-Menü bestellte und den Mann hinterm Tresen bat, Brot und Pommes wegzulassen. Er würde verstehen, dass mich seine Worte aufgewühlt haben, sagte er zum Abschied, aber das sei auch seine Absicht gewesen.

Trotz der anstrengenden Unterhaltung musste ich doch feststellen, dass ich das Restaurant in gekräftigtem Zustand verließ. Wie soll ich es erklären, Herr Kommissar? Ich spürte förmlich, dass mir der Geruch von Frittierfett gutgetan hatte. Herrlich hatte das brutzelnde Hintergrundgeräusch der Buletten auf dem heißen Herd geklungen! Doch leider war der Effekt nur von kurzer Dauer, ein paar Schritte an der frischen Luft und das alte vegetarische Gefühl von Kraft-, Freud- und Hoffnungslosigkeit war wieder da. Ich versuchte, den Moment noch ein wenig festzuhalten, indem ich mein Gesicht im Jackenkragen vergrub, wo mir aus dem Inneren der Jacke ein schwacher Hauch von McDonald's-Geruch entgegenschlug. Aber es blieb ein flüchtiger Moment des Glücks.

Nach dem Gespräch wieder zu Hause angekommen, musste ich darüber nachdenken, was der Brühwürfel gesagt hatte. Konnte es am Ende sein, dass er recht hatte? Aber wenn es so war, dann hieß das doch, dass dahinter eine riesige Verschwörung stecken musste. Denn wenn er recht hatte, würde das bedeuten, dass alle Informationen über die Vorteile des Fleischessens und die Gefahren des Vegetarismus in der gesamten Öffentlichkeit zielgerichtet unterdrückt und zugunsten verfälschter Informationen über das Essen von Gemüse geheim gehalten wurden. Ein aberwitziger Gedanke.

Doch dann fiel mir die Verkäuferin im Erotikladen ein. Hatte sie mich nicht auffallend routiniert behandelt und gesagt, dass täglich Vegetarier zu ihr in den Laden kämen? Und was war mit der komischen Arztpraxis ohne Arzt direkt darüber, die offensichtlich mit nichts anderem ihr Geld verdiente, als armen Menschen wie mir Rezepte für Maximalpornografie zu überreichen. Das hieß doch, dass es sich zumindest lohnte, eine Praxis aufzumachen, nur um diese Rezepte zu verteilen. Und der Arzt in der Rettungsstelle: Routiniert hatte er meinen Penis betrachtet, sofort die Ursache erraten, mit geübten Handgriffen die Wunde versorgt. Niemals zuvor hatte ich von einem so schrecklichen Vorfall gehört, doch für ihn schien das zum Alltag in der Rettungsstelle zu gehören.

Ich hatte also zahlreiche Anhaltspunkte dafür, dass man als Vegetarier schreckliche Nebenwirkungen in Kauf nehmen musste, von denen aber in den Medien kein Wort zu hören ist. In dieser Nacht schlief ich unruhig. Im Traum hatte ich Visionen von einem überirdischen, gottähnlichen Wesen. Es sah mich traurig aus hohlen Augen an und fragte mich, warum ich an ihm zweifele. Obwohl mir nicht klar war, um was für ein Wesen es sich handelte, wollte ich ihm widersprechen. Aber ich konnte nichts sagen, weil mir der Mund mit Hirsebrei verstopft war, ein schlimmer Knebel, der auf meinen Kehlkopf drückte. Da ich es nicht mit meinem Widerspruch unterbrechen konnte, sprach das Wesen langsam und traurig weiter. Warum es denn, meiner Meinung nach, die Tiere aus so wohlschmeckendem Fleisch gemacht und mich mit einem Steakmesser beschenkt habe? Mein sogenannter Verzicht sei in Wirklichkeit nur ein Affront. Ich wollte sprechen, schreien, sagen: Nein, es ist nicht so. Doch die Worte blieben mir kloßig im Hals stecken. Ich erwachte mit Atemnot und einem unangenehmen Druckgefühl im Hals, sofort setzte ich mich an den Rechner und verabredete mich wieder mit Bert, Herr Kommissar.

Schnell sei es bei mir gegangen, begrüßte mich der Brühwürfel erfreut im Halbdunkel des Schnellrestaurants. Andere würden länger brauchen. Ich wehrte ab, mir ginge es immer noch um Informationen. Was steckt dahinter, warum erfährt man nichts über die Schattenseiten des Vegetarismus?

Es gibt keine Schattenseite des Vegetarismus, zischte Bert, so wie der Teufel keinen Schatten habe. Der Vegetarismus sei die Nacht, das Schwarze an sich. Dahinter stecke ein riesiges Konglomerat aus gewaltbereiten Buddhisten, der Pharmaindustrie, der Waffenindustrie, der Ärzteverbände, der Pornoindustrie, der Gemüsebauern und natürlich dem Soja-Tofu-Industrie-Komplex. Worum es wirklich ginge, könne kein Mensch wissen, aber es sei eine ganz große Sache und wer zu viele Fragen an den falschen Orten stelle, der würde sich sehr bald mit ein paar Kirschkernen im Schädel auf dem Kompost wiederfinden.

Die Pharmaindustrie, sagte Bert, hat natürlich ein riesiges Interesse an der Sache. Die ganzen guten Vitamine: A, B, E, G, L und J müssen ersetzt werden, wenn der Mensch kein Fleisch mehr isst. Ich wandte ein, dass ich von G, L und J noch nie gehört hätte. Natürlich nicht!, sagte Bert. Das sind Cholesterin, Dioxin und Knorpel, ganz normale Stoffe, die jeder normale

Fleischesser ausreichend zu sich genommen hätte. Aber durch die Invasion des vegetarischen Lebensstils würden nun massenweise Mangelerscheinungen auftreten, die wiederum durch Medikamente behandelt werden müssten. Ganz zu schweigen von den Abführmitteln, Antidepressiva, Schlaf- und Betäubungsmitteln.

Und natürlich Pornos. Fleischfresser würden natürliche Libido empfinden und leben können, aber für Vegetarier gäbe es nur Pornos oder unfreiwilliges Zölibat.

Die Waffenindustrie könne sich ohnehin nichts Schöneres vorstellen, sagte Bert, als eine Welt ohne Fleisch, denn das sei nun mal eine Welt, wo die Waffen nicht verstummen. Ob ich mir mal die Konfliktherde der letzten Jahrzehnte angesehen hätte? Sudan, Pakistan, Sri Lanka – überall kein Fleisch. Eine ganz große Sache sei das, sagte Bert. Riesig.

Es ginge um nichts weniger als den Umsturz, sagte er. Den weltweiten, globalen Umsturz, das echte Ende der Geschichte durch Vegetarismus. Die Welt solle in einem karmischen Koma versinken, irgendetwas ganz Großes. Ich schaute skeptisch, so wie Sie, Herr Kommissar, aber das war nichts als frischer Wind in die lodernden Flammen seiner Argumentation. Ob ich denn nur mal über die strenge Hierarchie meines Vegetarier-Vereins nachgedacht hätte.

Ich sagte ihm, dass ich in keinem Verein sei, ich sei mehr so zufällig dazu gekommen. Ich würde nicht zu irgendwelchen Treffen gehen und von einer Hierarchie hätte ich nun gleich gar nichts bemerkt, eher sei ich vollkommen allein.

Ha, konterte Bert, das habe er schon Tausende Male gehört, alle möglichen Sektenopfer würden doch ihre Erzählungen damit beginnen, dass sie da eher zufällig hineingeraten seien. Und klar gäbe es bei einer weltweit operierenden Verschwörung keine regelmäßigen Ortsgruppentreffen oder Ähnliches. Dennoch, dennoch sei es ja wohl so, dass gewöhnliche Vegetarier wie ich erkennbar unten in der Hierarchie stehen. Natürlich nicht so weit unten wie die Karnivoren, die verhassten Fleischesser, die man als Feinde der Organisation betrachten würde, aber immer noch niedriger als die Veganer, die weder Ei noch Milch zu sich nehmen und kein Leder tragen. Über denen wären noch die Makrobiotiker, die nur noch Hülsenfrüchte und Brühe essen. Und über denen stünden wiederum die Frutarier, die nur das nehmen, was ihnen die Pflanzen freiwillig geben. Darüber wieder wären die Freefrutarier, die das, was die Pflanzen ihnen freiwillig geben, auch noch aus den Müllcontainern der Supermärkte holen würden. Weiter oben in der Hierarchie stünden die Freefruresiduelianer, die nichts mehr essen, was einen Schatten wirft, und sich nur von dem ernähren, was die Freefrutarier von ihren Mahlzeiten übrig ließen. Und nur eine kleine Gruppe, die Führungselite seien Freefruresdefectianer, Menschen, die sich ausschließlich von den Abfällen und Ausscheidungen der Freefruresiduelianer ernährten. Diese Elite, die der Einfachheit halber nach dem Grad an Ernährungsreinheit »Stufe 7« genannt werde, würde alle Entwicklungen steuern und kontrollieren. Das Ganze sei ein elitäres, ja monarchisches System, denn es sei wohl offensichtlich, dass nur eine Minderheit auf Stufe 7 leben kann.

Als Brühwürfel mit seinen Erläuterungen fertig war, sah er erschöpft aus. Ich sagte ihm ganz offen, dass ich nicht alles von dem glauben könne, was er mir da erzählte. Eine Verschwörung der Nicht-Fleischessenden zugunsten eines Weltbrandes, das war mir dann doch zu viel.

Ja, das sei harter Tobak, gab er zu. Aber wer bereit sei, seine Augen zu öffnen, der könne sehen. Ich solle mal im Internet recherchieren, über die Tofubären, die für die Gewinnung dieses angeblich ethisch so korrekten Nahrungsmittels ermordet werden, über die Cholesterinlüge, dieses wichtigen Bestandteils köstlicher Nahrungsmittel, der von einer unheiligen Allianz aus

Pharma- und Margarineindustrie seit Jahrzehnten inkriminiert werde. Er jedenfalls versuche mit ein paar gleichgesinnten Freunden den karnivoren Widerstand zu organisieren. Er drückte mir noch einen »Mein Essen scheißt auf dein Essen!«-Aufkleber in die Hand, auf dem eine Kuh gerade einen Haufen auf einen Salatkopf setzt. Nachdenken, ich solle nur mal nachdenken bei einer kleinen Tasse Fleischbrühe, mehr würde er ja nicht von mir verlangen.

Rückfall / Fortschritt

Verdammt, dachte ich, im Grunde hatte der Brühwürfel recht. Verstehen Sie, was ich meine, Herr Kommissar? Früher gab es doch auch überall Fleisch, in den Ladentheken, an den Imbissständen, auf den Buffets und in den Kantinen, und niemand würde ernsthaft behaupten, dass die Zeiten damals schlechter gewesen waren. Seit Urzeiten hatten sich die Menschen gefreut, wenn sie Fleisch essen konnten. Ich selbst hatte tagtäglich Fleisch gegessen und mich großartig gefühlt, kaum dass ich mal einen Tag krank gewesen wäre. Und dann? Ich war unvorstellbar niedergeschlagen, kraftlos und hatte keine Freude mehr am Leben. Wenn der Verzicht auf Fleisch dazu auch noch keinerlei Sinn hatte und ich damit sogar eine schreckliche Verschwörung der Tofu-Industrie unterstützte, dann war es an der Zeit, etwas dagegen zu unternehmen. Ich entschloss mich, wieder Fleisch zu essen.

Es dauerte mehr als zwei Tage, mich für ein erstes Fleischgericht nach der langen Zeit zu entscheiden. Die von Brühwürfel vorgeschlagene Fleischbrühe erschien mir zu banal, zu würdelos, als würde ich die Frau meiner Träume in einem heruntergekommenen Vorort von Las Vegas heiraten. Mir irgendwas vom Imbiss auf der Verkehrsinsel zu holen, sagte mir auch nicht zu. Kaum einer macht sich klar, dass Wurstprodukte heutzutage oft so fleischarm sind, dass sie sich kaum von vegetarischen Produkten unterscheiden, vollgestopft mit Sojamasse und Semmelbröseln, wie sie sind. Wie wäre es aber mit einer großen Portion Blutwurst? Das reine geronnene Schweineblut, vermengt nur mit ein paar Gewürzen? Warm dampfend auf dem Teller erinnerte es an die erste Mahlzeit, die ein Bauer beim Schlachten zu sich nehmen kann. Oder eine eingelegte Kammscheibe?

Schließlich fiel meine Entscheidung auf ein Rumpsteak mit Kräuterbutter. Das hatte das Echte, Unverfälschte, was ich suchte. Und es gab viel zu kauen. Mein erstes Mal seit langer Zeit, ich wollte diese Mahlzeit zu einem Ereignis machen.

Ich hatte es mir schwerer vorgestellt, im Supermarkt in den abgetrennten Fleischbereich zu gehen. Würden mich die anderen Kunden verächtlich ansehen, würde ich lange warten müssen, bevor mir die Tür geöffnet wurde? Aber es war ganz leicht. Der Mann an der Tür wollte noch nicht einmal meinen Ausweis sehen und schon war ich drinnen. Dort lag hinter Glas kilogrammweise das Glück. Ich brauchte einen Moment, mich an den Anblick zu gewöhnen. Und als mich die Verkäuferin fragte, ob es ein bisschen mehr sein darf, wurden mir die Knie weich und ich wäre vor Glück beinahe ohnmächtig geworden. Die Tasche mit dem Stück toten Tieres schien mir so leicht, dass nicht nur die Tasche selbst schwebte, sie schien auch noch mich zum Schweben zu bringen. Was für eine Freude!

Zu Hause angekommen, erschrak ich mich zunächst. Es mag für Sie komisch klingen, Herr Kommissar, heute finde ich es ja selbst komisch, aber damals fühlte ich mich, als würde ich zum ersten Mal meine neue Freundin mit nach Hause bringen und betrachtete meine Wohnung mit diesem Blick. Meine Güte, wie sah das aus! Unmöglich konnte ich meinem Steak die Küche zeigen. Schnell räumte ich auf, warf ein paar Gläser mit veganem Aufstrich in den Müll, spülte große Tofu-Würfel die Toilette herunter und schmiss die Sojakeimlinge vom Fensterbrett. Als es akzeptabel aussah, befreite ich das leckere Stück Muskelfasern aus der Dunkelheit der Tasche und der Enge des Papiers und lege es auf meinen besten Teller. Es sollte ein wenig atmen können, bevor ich es briet.

Dann ging ich ins Bad, mich zu duschen, rasieren und parfümieren. Was für ein Tag! Der alte Anzug hing zwar praktisch nur an mir herunter, doch er war immer noch mein bestes Kleidungsstück. Die gusseiserne Pfanne hatte ich in der hintersten Ecke meines Topfschranks sozusagen kaltgestellt. Es schien mir fast, als schaute sie mich mit einer Mischung aus Überraschung und Beleidigtsein an, als ich sie hervorholte. *Heu – te beginnt der Rest meines Le – bens!,* trällerte ich. Endlich wieder die Muskeln und Sehnen von Tieren essen dürfen, die für mich umgebracht, zerteilt und verpackt wurden. Das war das wahre Leben! Na gut, vielleicht nicht so sehr für die Tiere, aber eben für mich, den wahren König der Tiere.

Auch auf die Auswahl des Bratfetts hatte ich einige Sorgfalt verwandt und worauf war meine Wahl gefallen, Herr Kommissar? Sollte ich das Ende meiner vegetaristischen Verirrungen damit feiern, ein Stück Fleisch im Fett der Kokosnuss zu wälzen oder in Butter, die zumindest theoretisch von der Mutterkuh hätte stammen können, die dieses Stück Fleisch großziehen wollte? Nein, ich hatte mich für Schweineschmalz entschieden. Was kann es Köstlicheres geben als ein Stück Rücken einer toten Kuh in einem Stück Bauchfett eines toten Schweins zu brutzeln?

Mit zittrigen Fingern öffnete ich den in Papier eingeschlagenen Schmalzwürfel. Er roch so gut und tierisch fettig, dass ich mich zusammennehmen musste, nicht einfach sofort in ihn hineinzubeißen. Am liebsten hätte ich diesen leckeren Fettwürfel auf der Stelle verputzt, allein die Vorstellung war mir eine reine Freude. Allerdings hätte ich dann den großen Anlass zunichtegemacht. Es wäre, als ob ich von einer unglaublichen Schönheit zu einer Liebesnacht eingeladen worden wäre und mich auf dem Weg in ihre Wohnung aber vor Erregung bereits mit der Dame an der Rezeption zufriedengegeben hätte. Ich freute mich über diese Gedanken, ich war ins Leben zurückgekehrt. Fleischesfreude erzeugte eben Fleischesfreude.

Als das Schmalz durchsichtig in der Pfanne schimmerte, legte ich das Steak behutsam hinein und erschrak entzückt über das sofort einsetzende Brutzeln. Wie hatte ich dieses Geräusch vermisst, wie den Bratgeruch, der sich schwer in die ganze Wohnung legte! Was wohl die Nachbarn dachten, wenn sie diese Geräusche hörten, was, wenn sie den Bratgeruch rochen – es war mir gleichgültig. Ich musste mich zusammenreißen, um mir keine Verbrennungen zuzuziehen, denn am liebsten hätte ich das Steak in der Pfanne geküsst. Schon nach ein paar Sekunden hielt ich es nicht mehr aus, legte das Stück Fleisch auf denselben Teller, auf dem es vorher schon atmen konnte, dann lag es dort in einer kleinen, aber sehr schön anzusehenden Blutsuppe. Mir fiel auf, dass ich die Kräuterbutter in meinem Rausch vergessen hatte. Aber es war mir egal, sie würde mich sowieso nur von der Hauptattraktion dieses Nachmittags ablenken! Hastig und zitternd ließ ich die Sägezähne des Messers die Muskelfasern zerreißen. Die kleine braun gebratene Hülle umgab einen saftig blutigen Kern. Stück um Stück schob ich das Fleisch in den Mund und zerteilte es mit meinen verbliebenen Zähnen. Jetzt, da ich mir endlich wieder etwas Richtiges zu essen zugestand, würde sich vielleicht sogar der Gang zum Zahnarzt lohnen, überlegte ich.

Ich kann Ihnen sagen, Herr Kommissar, das Steak, über das ich hier spreche, war groß, sehr groß, aber als ich auch das letzte der vierhundert Gramm in meinem Körper untergebracht hatte, hätte ich am liebsten gleich noch so ein Stück gegessen. Überglücklich lehnte ich mich auf meinem Stuhl zurück und leckte den blutigfettigen Teller so sauber, dass ich ihn danach direkt ins

Regal hätte zurückstellen können. Ich konnte es kaum glauben, dass ich mir diesen Moment des Glücks freiwillig versagt hatte. Dem Tod, wenn er damals an der Türe geklopft hätte, willig hätte ich ihm Eintritt gewährt, es wäre keine schlechte Stunde zum Sterben gewesen.

Doch die Nacht danach brachte mir statt sanfter Ruhe ein schmerzhaftes Erwachen. Mich weckten schreckliche, immer stärker werdende Magenkrämpfe. Fast schon ungläubig, doch meinem Körper gehorchend, rannte ich auf die Toilette, wo ich mich schließlich in schrecklichen Krämpfen schwallartig übergeben musste. Wieder! Wieder! Und wieder! Als würde mein Körper jede Faser des Steaks aus sich herauspressen, entfernen wollen. Körperlich und seelisch erschöpft und gebrochen fand ich zu schlechter Letzt in mein Bett zurück.

Am Morgen schrieb ich Bert Brühwürfel eine geharnischte E-Mail. Ich berichtete ihm von meinem Versuch, die Seiten wieder zu wechseln und welche schrecklichen Folgen das für mich gehabt hätte. Ob die vegetarische Ernährung vielleicht doch das Richtige für meinen Körper wäre, schrieb ich. Ich wollte ihn ganz bewusst provozieren.

Er antwortete rasch. Um Himmels willen, was ich da

gemacht hätte. Keinesfalls dürfe man nach so einer langen Zeit gleich mit Vollfleisch anfangen, schrieb er. Das ist, als würde man versuchen, auf einem Acker nach Jahren der Dürre sofort Wassermelonen zu pflanzen. Alles brauche seine Zeit, mein Körper sei einfach nicht mehr an das Gute gewöhnt, langsam müsse man ihn heranführen, er habe mir doch Dutzende Male ausdrücklich zu Fleischbrühe geraten. Ich sei wie ein Stubenhocker, der sich nach Jahren das erste Mal von seinem Sofa erhebt und gleich den Marathon mitlaufen will.

Nur eine Stunde später klingelte es an meiner Tür. Wie eine sorgende Mutter hatte mir Bert eine Tüte voller Innereien gebracht. Er kochte daraus eine leckere Brühe, die ich erst vorsichtig und dann gern und gierig trank und tatsächlich bei mir behalten konnte. Als ich das Feste aus dem Topf essen wollte, die klein geschnittenen Mägen, Herzen und Hälse, gebot er mir Einhalt. Jetzt gehe es langsam bergauf, ich solle mir Zeit lassen, sagte Brühwürfel. In der kommenden Woche könne ich ruhig schon mal eine Wurst versuchen oder eine Bulette. Und mein Rumpsteak, dafür sei nächsten Monat immer noch Zeit.

Hoffnung.

Freude / Zweifel

Und die Kraft kam wieder, Herr Kommissar! Binnen Kurzem aß ich nicht nur jeden Tag Fleisch, sondern zu jeder einzelnen Mahlzeit. Zwischen Frühstück und Mittag schob ich ein kleines Wurst-Brunch ein, zwischen Mittag und Abendessen gab es Bulettenvesper und nach dem Abendessen immer noch einen kleinen Snack mit Würstchen, Senf und Chips mit Schinkengeschmack. Kurz, ich aß alles, wenn es nur früher ein Gesicht gehabt hatte. Für mich war das Aufbaunahrung, ich hatte es noch nie so sehr genossen und meinte, jede einzelne Blutzelle, jedes Hormon, jedes Milligramm Antibiotikum herausschmecken zu können.

Darüber hinaus ging es mir auch psychisch wesentlich besser. An einem Tag hatte ich das Gefühl, Bäume ausreißen zu können, und fasste spontan den Entschluss, das auch zu tun. Ich ging und riss ein paar Bäume im Stadtpark heraus. Warum nicht? Früher hätte ich zu mir gesagt, das gehört sich nicht. Doch das hatten sie mir auch beim Fleisch gesagt: Iss das nicht, schlachte dies nicht. Und was hatte es mir gebracht? Frustration und Kastration. Die Wurzeln der kleinen Bäumchen machten beim Herausreißen ein dumpfes Geräusch, danach war ich wohltuend erschöpft. Bäume ausreißen, das war eben nicht nur so ein Ausdruck.

Auch in meiner Hose regte und ruckelte es sich wieder ein wenig. Zwar musste ich für immer und ewig mit der Narbe leben – sie würde mir mahnende Erinnerung sein –, aber das Blut steuerte die betreffende Region wieder an und ich begann immerhin Phantomerektionen zu bekommen.

So hätte es weitergehen können, Herr Kommissar. So hätte es weitergehen sollen. Aber ich wollte mehr. Darum sprach ich eines Tages Bert an, dass ich auch was tun möchte, um andere da herauszuholen, weil ich meine Rettung nicht als Geschenk, sondern als Verpflichtung ansah, andere Betroffene vom ins Ungewisse verlaufenden Irrweg des Vegetarismus wieder abzubringen.

Er schaute mir prüfend in die Augen. Ob ich mir das gut überlegt habe? Denn die Gefahren seien groß, unüberschaubar groß. Die Vegisten, wie er Vegetarier verächtlich nannte, seien überall, man könne sich nur sehr vorsichtig bewegen. Ob mir bei unserem ersten Treffen aufgefallen sei, dass er den Notausgang direkt in seinem Rücken gehabt hatte. Wenn zum verabredeten Zeitpunkt statt mir eine Horde blasser Langhaaraffen mit Stoffschuhen hereingestürmt wäre, hätte er nämlich noch einen Fluchtweg gehabt. Das müsse man haben bei dieser Art von Arbeit: Fluchtwege. Schnelle Beine. Gute Augen. Aber eigentlich sei das kein Problem für uns Karnivoren, denn wir würden uns ja wenigstens richtig ernähren. Unsere Sinne seien scharf, unsere Reflexe gut entwickelt.

Ich atmete tief durch und sagte ja, das hätte ich mir reiflich überlegt. Ich wollte in den karnivoren Untergrund. Gut, sagte Bert nur kurz und nannte mir eine Adresse und eine Uhrzeit. Da solle ich hinkommen, die Losung sei »Bambi«. Ich nickte kurz, dann war er weg. Zu Hause briet ich mir ein schnelles Kalbsschnitzel ohne Panade und spürte, wie mir vor Aufregung das Blut in den Schläfen puckerte. Für ein Kalbsschnitzel hatte ich mich entschieden, weil ich nur etwas Mildes essen wollte, das Fleisch der ausgewachsenen Rinder, mit seinen deftigen Hormonen und Antibiotika, ganz zu schweigen von den Massen an Adrenalin, die sie bei der Schlachtung freisetzen, war eher was für kalte Wintervormittage, wo man ein bisschen Aufmunterung brauchte. Aber das milde Kalb war genau das Richtige, um mich in dieser Situation zu beruhigen.

Die Adresse führte mich zu einem Eisenwarengeschäft. Unschlüssig lief ich zwischen den Regalreihen mit Dübeln, Schrauben und Bohrmaschinen herum. Hinter der Kasse stand ein Mann mit einem blauen Nylonkittel, der auf mich einen unauffälligen Eindruck machte. Doch dann fasste ich mir ein Herz, ging zur Kasse, schaute dem Mann in die Augen und sagte: »Bambi«. Er schaute mich prüfend an und ich wiederholte die geheime Losung. Daraufhin nickte er, bedeutete mir, ihm zu folgen, und öffnete mir eine schwere Tür, auf der »Nur Personal« stand. Dahinter lag ein holzgetäfelter Raum mit Hirschgeweihen und Tierfellen an den Wänden, darüber ein Banner mit der Aufschrift »Karnivore Kameraden«. Ich erkannte Bert, der am Kopfende einer großen Tafel saß, auf der Essen stand, natürlich ausschließlich Fleisch. Ein Schwein drehte sich tropfend über einer offenen Flamme. In der Mitte des Tisches standen als Beilagen kalte Buletten, daneben dampfte eine Schüssel Beuschelragout. Statt Soßen wurden scharf gewürztes Lungenhaschee und Kuttelpaste gereicht. Ich setzte mich auf einen freien Platz und hörte erst einmal zu. Der Ton war militärisch, alte Aufträge wurden diskutiert, neue Aufträge vergeben. Bert war hier offensichtlich der Chef. Verschiedene Szenarien zur Bekämpfung der vegetarischen Lebensweise wurden mit ernster Miene besprochen.

Gleich bei diesem ersten Treffen bekam ich schon einen Auftrag: Bis zum nächsten Treffen sollte ich drei Veggies umdrehen, wie Bert das nannte. Er empfahl mir, auf Ökomärkten nach Menschen Ausschau zu halten, die den Korb voll Gemüse haben, aber die Blicke sehnsüchtig auf den Fleischstand richten, oder in Internetforen nach Zweifelnden zu suchen, wie ich es früher war. Aber ich solle mich vorsehen vor den Veganern, dem kämpfenden Arm des Vegetarismus. Diese völlig tierproduktfrei lebenden Wesen seien zu allem entschlossen. Man erkenne sie an den Stoffschuhen, den selbst gehäkelten Gürteln und Umhängetaschen. Durch ihr ausgeprägtes Eiweißmangelsyndrom hätten sie praktisch kein Zahnfleisch mehr, Männer und Frauen seien nicht letztgültig zu unterscheiden. Diese Armee des militanten Gemüsekonsums gelte es zu vermeiden, denn im Kampf seien diese Menschen, die sich irgendwo zwischen Leben und Tod aufhielten, ohnehin nicht zu besiegen.

Das klang nach einer großen Herausforderung, doch ich wollte alles tun, um das Vertrauen der Gruppe in mich zu rechtfertigen. Schon Mitternacht postierte ich mich am guten alten Imbiss auf dem Mittelstreifen. Hier fing die Nacht ihre ausgehungerten Schwärmer mit gelb-roter Neonlichtreklame ein. Es gab Pommes und Käsebrote, vor allem aber Currywurst, Bockwurst, Bratwurst, Knacker, Schnitzel – alles kam erst in die Friteuse, danach in den Teileschneider, dann unter eine schöne Schicht Soße nach Wahl und dann auf einer Pappschale mit Plastikpieker dem Kunden vors Gesicht.

Ich holte mir eine große Truckerplatte mit Schnitzel, Pommes und Mayo, postierte mich an einem Stehtischchen mit gutem Blick zur Verkaufsluke und verzehrte schön langsam das, was mir die Friteuse auf die Pappschale gezaubert hatte. Die meisten Kunden bestellten ihr Essen mit gleichgültigen Gesichtern, schaufelten es schnellstmöglich in sich hinein, schmissen kurzerhand die Reste weg und liefen weiter. Aber ein Typ fiel mir auf, Mann, Anfang, Mitte dreißig mit Nickelbrille und einem ungewöhnlichen Schal. Als ihn der Verkäufer nach seinem Wunsch fragte, zögerte er erst, bestellte sich dann eine Portion Pommes und eine Cola, zögerte noch mal, gab dem Verkäufer dann das Geld, stellte sich an eines der Tischchen und schaute sehnsüchtig Richtung Grill.

Alles klar, dachte ich mir! Das war einer, ein verzweifelter Veggie. Da war ich mir absolut sicher. Die hohlen Augen, die zu groß gewordenen Klamotten und vor allem die Bestellung. Er hatte durch die Bestellung von Cola und Pommes noch das Ungesundeste herausgeholt, was er als Vegetarier essen durfte, doch sein Blick ging sehnsüchtig zu den Würsten. In meiner schlimmen Phase hatte ich selbst manchmal so auf dem Mittelstreifen gestanden und mich in die Welt des Fleischs zurückgewünscht.

Scheinbar beiläufig sprach ich ihn an, nichts dabei, nachts am Imbiss auf dem Mittelstreifen. Ein Gespräch zwischen zwei Nachtaktiven. Ob der Imbissmann bei ihm die Wurst vergessen habe, fragte ich listig. Nein, sagte er, leider sei er Vegetarier, er habe sich kein Würstchen bestellt, auch wenn er jetzt nichts lieber täte. Die späte Stunde verlieh ihm eine Offenheit, die er mir sicherlich nicht an einem Nachmittag entgegengebracht hätte. Er könne sich doch ein Würstchen bestellen, schlug ich vor, es würde ja keiner sehen und ich würde ihn bestimmt nicht verraten. Nein, das ginge nicht, die armen Tiere und seine Freundin und überhaupt. Ich versuchte es mit einem Scherz: Also seine Freundin sei ganz bestimmt in keiner von den Würsten. Wir lachten gemeinsam. Er sagte, dass ich ja recht habe, und holte sich schließlich eine riesenlange Wiener, köstliche achtzig Zentimeter Separatorenfleisch. Nummer eins. So schwer ist das gar nicht, dachte ich.

In dieser Woche machte ich mehr als zwölf Veggies auf dem Mittelstreifen klar, wie wir damals sagten, Herr Kommissar. Nach ein paar Tagen erkannte ich sie schon von Weitem, wenn sie sich anstellten. Der kurze Blick, der Versuch des Vorbeigehens und dann das Doch-Anstellen. Mitternacht und danach war die allerbeste Zeit. Manchmal kam ich mir regelrecht wie eine Art Vampir vor, der Mitternacht aus seiner Gruft aufsteigt und andere zu blutrünstigen Monstern macht. Es fühlte sich toll an. Der Verkäufer kannte mich schon und spendierte mir ab und zu eine Brühpolnische, denn er merkte, dass ich gut für seinen Umsatz war.

Tagsüber verteilte ich Flugblätter in der Fußgängerzone. Mit dem Satz »Mögen Sie Pflanzen?« versuchte ich mit den Menschen ins Gespräch zu kommen. Wer kann dazu schon Nein sagen? Dann erklärte ich ihnen, wie toll Pflanzen sind, wie sich die zarten Wurzeln der jungen Pflanzen gleich Kinderfingern in der Muttererde festhalten und wie schlimm es ist, wenn zum Beispiel Getreidehalme in der Blüte ihres Lebens einfach abgeschnitten und gedroschen werden. Oder der zarte Salat, die fröhlichen Pilze! Wenn sie wirklich was für Pflanzenschutz tun wollten, gebe es natürlich eine ganz einfache Methode, sie sollten mal in das Flugblatt hineinschauen. Drinnen stand mehr oder weniger einfach, dass sie Fleisch essen sollen, das sollte doch für die meisten eine sehr gute Nachricht sein: Gutes tun ohne Anstrengung.

Auf das nächste Treffen bei den *Karnivoren Kameraden* freute ich mich natürlich besonders, weil ich stolz berichten konnte, dass ich meinen Auftrag übererfüllt hatte. Nicht weniger als zwölf Veggies wieder auf die richtige Spur gebracht, nicht schlecht für einen Anfänger. Ich berichtete angemessen kurz, würzte aber meinen Erfolgsbericht mit kleinen Details, so wie der Majoran die Bratwurstmasse würzt. Trotzdem wird man mir den Stolz über das Erreichte angemerkt haben. Die meisten in der Runde lächelten mich an, nur Bert Brühwürfel blieb unbeeindruckt. Ob ich Beweise hätte, fragte er und dass es merkwürdig sei, wenn echte Veggies so problemlos in den Wurstkonsum zurückfielen, sehr lange konnten die noch nicht dabei gewesen sein.

Ich bemühte mich, mir die Enttäuschung nicht anmerken zu lassen, Herr Kommissar, denn gerade von meinem Mentor hatte ich mir Anerkennung erhofft. Doch er schaute nur grimmig und sprach von meinem nächsten Auftrag, der nicht nur etwas, sondern um einiges schwieriger sei: Wir wollten unbemerkt Fleischreste in den Suppenansatz einer ökovegetarischen Großküche verbringen und so eine vegane Suppe zu einer kräftigen Fleischbrühe machen. Das sei eine Aktion von erheblicher Auswirkung, die aber auch mit großen Gefahren verbunden war. Wir mussten davon ausgehen, dass das Gelände von bis an die Zähne bewaffneten Pflanzenfressern bewacht wäre, die uns ohne Skrupel abknallen würden. Aber wenn wir erfolgreich seien, dann wäre es eine Aktion von herausragender Bedeutung. Denn dann würden wir mit einem Streich Hunderten entkräfteter Vegetarier wieder Kraft und Hoffnung einflößen. Hunderte, wenn nicht Tausende, die dann unsere Brühe und mit ihr wieder Hoffnung schöpfen würden. Dann hätten wir geschafft, was vorher so nur Odysseus in Troja gelungen wäre.

Er würde immer im Plural sprechen, sagte ich. Wer denn noch bei der Aktion dabei wäre? Es sei ganz klar, sagte Bert, dass bei dieser Art von Aktion auch erfahrene Aktivisten mitmachen müssten. Und bei einer historischen Herausforderung wie dieser dürfte auch ein Führer nicht zurückstehen. Daher habe er sich entschlossen, sich selbst als zweiten Mann einzuteilen. Ein Raunen ging durch die karnivore Runde. Das war offensichtlich vollkommen ungewöhnlich und so erhielt ich doch riesige Anerkennung für meine Arbeit. In einem archaischen Ritual machte dann eine extralange Bratwurst die Runde, von der jeder Kamerad ein kleines Stückchen abbiss und uns Glück und Gelingen wünschte. Nachdem Bert den ersten Bissen gemacht hatte, war ich der Letzte in der Runde und durfte den Wurstzipfel aufessen. Ich schluckte mit ihm auch meine Rührung hinunter. Schon morgen früh würde es losgehen, ich solle mich in sportlich-leichter Kleidung bereithalten, sagte Brühwürfel zum Abschied.

Am nächsten Morgen klingelte Bert früh an meiner Tür. Ich war noch nicht ganz fertig und ließ ihn kurz herein. Während ich meinen Rucksack nahm und mir die Jacke überzog, sah Brühwürfel plötzlich etwas, das ihn in Rage versetzte. Wie von der Tarantel gestochen stürmte er meine Küche. Er tobte und schrie, weil er dort ein paar grüne Bohnen entdeckt hatte, eine Handvoll nur, die unschuldig neben der Spüle gelegen hatten. Zwar war ich kein Vegetarier mehr, aber ein paar Bohnen zur Schnitzelplatte schmeckten mir immer noch. Doch Brühwürfel konnte seine Wut kaum beherrschen. Ob ich immer noch nichts begriffen hätte? Ob ich es wirklich ernst meine mit dem karnivoren Untergrund oder ob ich nur ein Modekarnivore oder – schlimmer noch – ein veganes U-Boot, ein Maulwurf sei? Ob ich überhaupt wissen würde, dass Bohnen eines der schlimmsten aller Gemüse sei, dass das verhasste Tofu aus Sojabohnen gemacht würde. Wo ich eigentlich stehen würde?

Ich versuchte ihn zu beruhigen, sagte, dass ich immer noch überzeugter Karnivore sei, dass ich nur sehr, sehr wenig Gemüse essen würde. Ich öffnete sogar meinen Kühlschrank, Herr Kommissar, fetzte die Folie von einem dort liegenden Huhn ab und riss mit meinen Zähnen ein Stück rohes Fleisch aus der Keule, nur um Bert Brühwürfel wieder zu beruhigen. Aber ich sah in seinen Augen, dass ich seine letzten Zweifel auch damit nicht ausräumen konnte.

So gingen wir an diesem Schicksalstag auf unsere Mission: Ich hatte schlecht geschlafen, wegen der Bohnen ein schlechtes Gewissen, Angst wegen der militanten Veganer und neben mir der misstrauische Brühwürfel, seines Zeichens Führer der *Karnivoren Kameraden*. Verstehen Sie, Herr Kommissar, meine Nerven waren zum Zerreißen gespannt, es war unerträglich.

Bert war mit dem Auto gekommen, nur er wusste, wohin es ging. Wir fuhren nach Norden. Sie können sich meine Überraschung kaum vorstellen, als wir plötzlich vor »Fleisch- und Wurstwaren Europa« hielten und warteten, während sich das mir aus meiner schlimmen Zeit bestens bekannte rostrote Werkstor für uns öffnete. Erstaunt schaute ich zum Brühwürfel und fragte, was wir denn hier machen würden, hier wäre ja wohl keine ökovegetarische Küche verborgen. Natürlich nicht, lachte Bert. Hier würden wir Fleisch und Knochen für die Brühe bekommen. Die Fabrik gehöre einem geneigten Unterstützer der *Kameraden* und sei gewissermaßen unser Fleischtopf.

Wir fuhren direkt an eine Laderampe, wo uns ein Arbeiter in blutverschmiertem Kittel und schwarzen Gummistiefeln zwei große Kübel Knochen und Innereien brachte. Die Tonnen rochen nach frischem Blut, der Arbeiter stellte sie gleich in unseren Kofferraum, den Bert zum Schutz mit einem Stück Plastikplane ausgekleidet hatte. Nun roch es in unserem Auto nach Fleisch, Bert nahm einen tiefen Atemzug und sagte, dass für ihn nichts auf dieser Welt schöner riechen würde. Schüchtern pflichtete ich ihm bei, doch mich quälte ein leichter Würgereiz. Bert parkte das Auto ein paar Meter neben der Rampe, wir müssten noch zum Chef hochgehen, ihm wenigstens kurz die Hand schütteln.

Unser Weg führte uns durch die Fabrikhalle entlang der Verarbeitungsstraße, wo wir praktisch parallel zu einem Schwein liefen, dass in zwei Hälften zersägt, ausgenommen und in Einzelteile zerlegt wurde. Herr Kommissar, Sie müssen verstehen, ich war müde, angespannt, nervös, deswegen wurde mir sofort schlecht. Es war eine der schlimmsten Stunden in meinem Leben. Andere reden sich damit heraus, dass sie betrunken gewesen seien. Ich wünschte, ich hätte an diesem Tag etwas getrunken, vielleicht wäre ich ruhiger, vielleicht besonnener gewesen!

Jedenfalls war ich nicht mehr ganz Herr meiner Sinne, als wir das Chefbüro betraten und ich meinen Augen nicht zu trauen glaubte. Im Büro des Chefs, direkt hinter dem Schreibtisch, auf dem Chefsessel selbst saß niemand anderer als Tom Tofu! Er thronte dort mit einem blütenweißen Fleischerkittel bekleidet in einem schwarzen Ledersessel hinter einem riesigen Schreibtisch, auf dem nur ein paar Stifte lagen und irgendein Pokal stand. Es war, als ob ich in einen schlechten Traum hineingeraten war, aus dem ich nicht aufwachen konnte. Ich schaute zu Bert, der kein bisschen verwundert war, ich schaute zu Tofu, der ebenso ruhig war.

»Sie – du?«, stammelte ich nur fassungslos. In der Tat. Tom Tofu begrüßte mich herzlich, er freue sich, mich unter anderen Umständen wiederzusehen. Es hieße ja immer, dass man sich stets zweimal im Leben begegne, und hier und jetzt würde das wohl zutreffen.

Ich schaute zum Brühwürfel herüber, zögerte einen kurzen Moment, zeigte dann aber mit der großen Geste des Verrats auf Tofu und sagte zu Bert: »Das hier, dieser Mann ist Tom Tofu, ein führender Vegetarier.« Keine Ahnung, was ich erwartete, aber sicher nicht, dass Bert Brühwürfel diesen Satz nickend quittierte. Ja, das wisse er natürlich. Tofu sei ein guter Freund, aber er habe ein perverses Hobby. Sein Weg, Vegetarier zurück auf den richtigen Weg zu bringen, sei es, ihren Vegetarismus so sehr zu beschleunigen, so unbarmherzig anzufachen, dass sie einfach zurückkommen müssten.

Aber was, fragte ich, sei mit denen, die es nicht mehr schaffen, was sei mit denen, die ihre Familie verlören, ihre Gesundheit, ihre Existenz? Tofu grinste nur verschlagen aus seinem Chefsessel. Tja, ein bisschen Schwund sei immer. Ich sprang über den Tisch auf ihn zu. Ein bisschen Schwund?, schrie ich ihn an. Ein bisschen Schwund? Mein ganzes Leben ist zerstört, meine Frau weg, meine Arbeit dahin, genau wie mein Penis. Ob es das sei, was er ein bisschen Schwund nennen würde. Längst schon würgte ich ihn. Bert Brühwürfel sprang hinzu und versuchte, mich von Tofu herunterzuziehen, doch er kam nicht an gegen die übermenschliche Kraft meines weiß glühenden Zorns.

Tom Tofu grinste immer noch, der Brühwürfel zog an meinen Schultern und ich kniete zwischen beiden und begann gerade zu überlegen, wie es wohl weiterging, als sich plötzlich das metallisch glänzende Objekt von seinem Schreibtisch, der schwere Pokal, auf seinen Weg zum Boden machte und dabei von Tom Tofus Schädel gestoppt wurde. Wie in Zeitlupe, überklar, sehe ich dieses Bild tausendmal am Tag. »Großer Preis der Besten Würstchen« stand auf dem Granitfuß der Trophäe, deren metallener Wurstzipfel sich in Tofus Gehirn gebohrt hatte. Nie werde ich den entrückten Blick in seinen Augen vergessen. Er war sofort tot. Bert Brühwürfel schrie auf, ließ mich endlich los und lief aus dem Zimmer. Er wird wohl die Polizei gerufen haben. Ich setzte mich fassungslos auf Tofus Chefsessel, wo mich Ihre Kollegen fanden, als sie kurze Zeit später eintrafen.

Ihre Kollegen werden bezeugen, dass ich keinerlei Widerstand geleistet habe. Froh war ich, festgenommen zu sein, und ehrlich gesagt, bin ich immer noch froh. Danke, dass Sie mir so lange Gehör geschenkt haben, Herr Kommissar. Es ist ewig her, dass mir jemand so lange zugehört hat, vielleicht ist es sogar das erste Mal. Ich bitte nicht um Nachsicht oder Gnade, ganz im Gegenteil hoffe ich sogar auf eine möglichst lange Haftstrafe, ich bitte darum. Denn ein Leben in Freiheit kann es für mich nur hinter Gittern geben. Da draußen werde ich nie wieder sicher sein, ich kann keine Straße überqueren, in keinem Restaurant, keinem Imbiss der Welt noch essen, ohne um mein Leben zu fürchten. Nach Meinung der Vegetarier habe ich eine ihrer Leitfiguren getötet und gleichzeitig nach Meinung der Karnivoren ihren wichtigsten Unterstützer. Und so widersprüchlich es klingt, haben sie alle recht.

Denn alles Fleisch, es ist wie Gras
und alle Herrlichkeit des Menschen
wie des Grases Blumen.
Das Gras ist verdorret
und die Blume abgefallen.
(1. Petrus 1, 24)

Erscheint am
14. Februar 2013

Jakob Hein/Jacinta Nandi. Fish'n'Chips & Spreewaldgurken.
KiWi 1321

Das Land der Ossis: Nacktbaden in der Ostsee, jedes Kind war ein Pionier – vor allem aber: ganz viel Sex im Ferienlager! Der helle Wahnsinn, findet die in Berlin lebende Engländerin Jacinta Nandi. Schade nur, dass ihre Ossi-Freunde nichts davon erzählen wollen. Bis auf Jakob Hein. Ob die legendäre Bananenschlange im Juni '78, der irrwitzige Versuch, Rock'n'Roll in die DDR zu bringen oder die rätselhaften Erziehungsmaßnahmen der ostdeutschen Gastwirtschaft – nichts entkommt seinem beißenden Spott.

Auch als eBook

www.kiwi-verlag.de KiWi PAPERBACK